((● Steidl Nocturnes

Der Herausgeber:
Andreas Nohl, Schriftsteller und Übersetzer, veröffentlichte Erzählungen und die historische Novelle *Hieronymus*. Für seine Übersetzungen (Mark Twain, R. L. Stevenson, Rudyard Kipling, E. A. Poe) wurde er u. a. mit dem Heinrich Maria Ledig-Rowohlt-Preis ausgezeichnet. Zuletzt erschien von ihm *Das Handwerk des Schreibens. Essays und Kritiken zur Literatur.*

Robert Musil
Der Fall Moosbrugger

Auszüge aus
Der Mann ohne Eigenschaften

Mit einem Nachwort von Karl Corino

Steidl Nocturnes

Inhalt

Vorbemerkung

Der Mann ohne Eigenschaften von Robert Musil ist einer der berühmtesten und zugleich unbekanntesten Romane der Weltliteratur. Sein Rang als Schlüsseltext der literarischen Moderne im 20. Jahrhundert ist unbestritten. Von Beginn an stellte die vielfach essayistische Struktur und der mäandernde Erzählverlauf des Romans viele Leser vor Schwierigkeiten, so dass sie nach hundert oder zweihundert Seiten häufig die Waffen streckten. So verwundert es nicht, dass bereits Mitte der 1930er Jahre die Idee entstand, kürzere Teile, darunter auch die Moosbrugger-Erzählung, aus dem Roman herauszulösen und separat zu veröffentlichen. Das amerikanische Mäzenatenehepaar Barbara und Henry Church – Herausgeber der Pariser Literaturzeitschrift *Mesures* – entschied sich schließlich für die Kapitel 15 und 17 (»Jugendfreunde« und »Wirkung eines Mannes ohne Eigenschaften auf einen Mann mit Eigenschaften«), die im Heft vom 15. Januar 1935 abgedruckt wurden. Und erst jüngst, im Frühjahr 2020, erschien eine weitere Sequenz aus Musils Roman: *Agathe or the Forgotten Sister*, übersetzt und herausgegeben von Joel Agee im Verlag der New York Review of Books.

Der *Fall Moosbrugger* ist der vielleicht handlungsstärkste, gewiss der seelisch abgründigste Motivstrang im *Mann ohne Eigenschaften*. Musil bietet in diesem Text, der durch seine psychologische Tiefenschärfe und sprachliche Visionskraft besticht, einen verstörenden Einblick in die Bewusstseinswelt eines sozial und sexuell schwer deformierten Menschen.

Zur allgemeinen – für das Textverständnis nicht zwingend notwendigen – Orientierung ein paar kurze Hinweise zu den beteiligten bzw. erwähnten Figuren des Romans:

Ulrich ist der Protagonist der Romans, ein etwa 30-jähriger Mathematiker, der sich 1913 in Wien ein Jahr frei nimmt, um in seinem Leben nach einem neuen Sinn zu suchen. Sollte er diesen nicht finden, will er Selbstmord begehen. Er nimmt großes Interesse an dem Frauenmörder *Moosbrugger*. *Bonadea* ist zeitweise Ulrichs Geliebte. *Diotima*, Gattin von Hans *Tuzzi*, Sektionschef im Außenministerium, spielt in der sogenannten *Parallelaktion* eine hervorgehobene Rolle: mit dieser Aktion soll das 60-jährige Thronjubiläum von Kaiser Joseph II. angemessen gewürdigt werden, »parallel« zu den Festlichkeiten für das 30-jährige Thronjubiläum des deutschen Kaisers Wilhelm II. im Jahre 1918. (Welch fatale Ironie der Geschichte, dass just in das „Jubiläumsjahr" das Ende des I. Weltkriegs fällt – in seinem Gefolge der Zusammenbruch der Habsburger Monarchie ebenso wie das Ende der Hohenzollern-Herrschaft!) Diotimas Stubenmädchen *Rachel*, in die der schwarze Kammerdiener *Soliman* verliebt ist, kümmert sich in einem Wohnungsversteck um den aus der Haft befreiten Moosbrugger. *Clarisse*, die geistig verwirrte Ehefrau von Ulrichs Jugendfreund Walter, setzt sich vehement für die Befreiung Moosbruggers ein, in dem sie, da er von Beruf Zimmermann ist, einen Wiedergänger des Erlösers erkennen will. En passant finden noch Erwähnung *Lindner*, ein verwitweter Gymnasiallehrer, der Ulrichs Schwester Agathe in moralischer Absicht berät, sowie *Biziste*, einer der Ganoven, die an der Befreiung Moosbruggers beteiligt waren.

Die Ironie von alledem versagt freilich vor dem Fall Moosbrugger alias Christian Voigt. Karl Corino geht in seinem Nachwort ausführlich auf diesen Fall ein, der in seinen Wendungen ebenso verblüffend ist wie Robert Musils intensive Anteilnahme daran. – Als Surplus geben wir zwei Glossen zum Voigt-Prozess in Wien von Karl Kraus.

A. N.

Der Fall Moosbrugger

Moosbrugger

Zu dieser Zeit beschäftigte der Fall Moosbrugger die Öffentlichkeit.

Moosbrugger war ein Zimmermann, ein großer, breitschultriger Mensch ohne überflüssiges Fett, mit einem Kopfhaar wie braunes Lammsfell und gutmütig starken Pranken. Gutmütige Kraft und der Wille zum Rechten sprachen auch aus seinem Gesicht, und hätte man sie nicht gesehn, so hätte man sie doch gerochen, an dem derben, biederen, trockenen Werktagsgeruch, der zu dem Vierunddreißigjährigen gehörte und vom Umgang mit Holz und einer Arbeit kam, die ebenso viel Bedachtsamkeit wie Anstrengung fordert.

Man blieb wie eingewurzelt stehn, wenn man diesem von Gott mit allen Zeichen der Güte gesegneten Gesicht zum ersten Mal begegnete, denn Moosbrugger war gewöhnlich von zwei bewaffneten Justizsoldaten begleitet und hatte die eng aneinandergebundenen Hände vor dem Leib, an einem starken stählernen Kettchen, dessen Knebel einer seiner Begleiter hielt.

Wenn er bemerkte, dass man ihn ansah, zog über sein breites, gutmütiges Gesicht mit dem ungepflegten Haar und dem Schnurrbart samt dazugehöriger Fliege ein Lächeln; er hatte einen kurzen schwarzen Rock mit hellgrauen Beinkleidern an, seine Haltung war breitbeinig und militärisch, aber dieses Lächeln war es, was die Berichterstatter des Gerichtssaals am meisten beschäftigt hatte. Es mochte ein verlegenes Lächeln sein oder ein verschlagenes, ein ironisches, heimtückisches, schmerzliches, irres, blutrünstiges, unheimliches –: sie tasteten ersichtlich nach widersprechenden Ausdrücken und schienen in diesem Lächeln verzweifelt etwas zu suchen, das sie offenbar in der ganzen redlichen Erscheinung sonst nirgends fanden.

Denn Moosbrugger hatte eine Frauensperson, eine Prostituierte niedersten Ranges, in grauenerregender Weise getötet. Die Berichterstatter hatten genau eine vom Kehlkopf bis zum Genick reichende Halswunde, ebenso die zwei Stichwunden in der Brust, welche das Herz durchbohrten, die zwei in der linken Seite des Rückens und das Abschneiden der Brüste beschrieben, die man fast abheben konnte; sie hatten ihren Abscheu davor ausgedrückt, aber sie hörten nicht auf, bevor sie fünfunddreißig Stiche im Bauch gezählt und die fast vom Nabel bis zum Kreuzbein reichende Schnittwunde erklärt hatten, die sich in einer Unzahl kleinerer den Rücken hinauf fortsetzte, während der Hals Würgspuren trug. Sie fanden von solchen Schrecknissen den Weg zu Moosbruggers gutmütigem Gesicht nicht zurück, obgleich sie selbst gutmütige Menschen waren und trotzdem das Geschehene sachlich, fachkundig und sichtlich in atemloser Spannung beschrieben. Selbst von der nächstliegenden Erklärung, dass man einen Geisteskranken vor sich habe – denn Moosbrugger war wegen ähnlicher Verbrechen schon einige Mal in Irrenhäusern gewesen – machten sie wenig Gebrauch, obgleich ein guter Berichterstatter sich heute in solchen Fragen trefflich auskennt; es sah so aus, als sträubten sie sich vorläufig noch, auf den Bösewicht zu verzichten und das Geschehnis aus der eigenen Welt in die der Kranken zu entlassen, worin sie mit den Psychiatern übereinstimmten, die ihn schon ebenso oft für gesund wie für unzurechnungsfähig erklärt hatten. Und es ereignete sich des Weiteren auch das Merkwürdige, dass die krankhaften Ausschreitungen Moosbruggers, als sie noch kaum bekannt geworden waren, schon von tausenden Menschen, welche die Sensationsgier der Zeitungen tadeln, als »endlich einmal etwas Interessantes« empfunden wurden; von eiligen Beamten wie von vierzehnjährigen Söhnen und durch Haussorgen umwölkten Gattinnen. Man seufzte zwar über eine solche Ausgeburt, aber man wurde von ihr innerlicher beschäftigt als vom eigenen Lebensberuf. Ja, es mochte sich ereignen, dass in diesen Tagen beim Zubettgehn ein korrekter Herr Sektionschef oder ein Bankprokurist zu seiner schläfrigen Gattin sagte: »Was würdest du jetzt anfangen, wenn ich ein Moosbrugger wäre …«

Ulrich war, als sein Blick auf dieses Gesicht mit den Zeichen der Gotteskindschaft über Handschellen traf, rasch umgekehrt, hatte einem Wachsoldaten des nahegelegenen Landesgerichts einige Zigaretten geschenkt und nach dem Konvoi gefragt, der erst vor kurzem das Tor verlassen haben musste; so erfuhr er – –: doch so muss derartiges sich wohl früher abgespielt haben, da man es oft in dieser Weise berichtet findet, und Ulrich glaubte beinahe selbst daran, aber die zeitgenössische Wahrheit war, dass er alles bloß in der Zeitung gelesen hatte. Es dauerte noch lange, ehe er Moosbrugger persönlich kennenlernte, und ihn vorher leibhaft zu sehen, gelang ihm nur einmal während der Verhandlung. Die Wahrscheinlichkeit, etwas Ungewöhnliches durch die Zeitung zu erfahren, ist weit größer als die, es zu erleben; mit anderen Worten, im Abstrakten ereignet sich heute das Wesentlichere, und das Belanglosere im Wirklichen.

Was Ulrich auf diesem Wege von der Geschichte Moosbruggers erfuhr, war ungefähr das Folgende:

Moosbrugger war als Junge ein armer Teufel gewesen, ein Hüterbub in einer Gemeinde, die so klein war, dass sie nicht einmal eine Dorfstraße hatte, und er war so arm, dass er niemals mit einem Mädel sprach. Er konnte Mädels immer nur sehn; auch später in der Lehre und dann gar auf den Wanderungen. Nun braucht man sich ja bloß vorzustellen, was das heißt. Etwas, wonach man so natürlich begehrt wie nach Brot oder Wasser, darf man immer nur sehn. Man begehrt es nach einiger Zeit unnatürlich. Es geht vorüber, die Röcke schwanken um seine Waden. Es steigt über einen Zaun und wird bis zum Knie sichtbar. Man blickt ihm in die Augen, und sie werden undurchsichtig. Man hört es lachen, dreht sich rasch um und sieht in ein Gesicht, das so reglos rund wie ein Erdloch ist, in das eben eine Maus schlüpfte.

Man könnte also verstehn, dass Moosbrugger schon nach dem ersten Mädchenmord sich damit verantwortete, dass er stets von Geistern verfolgt werde, die ihn bei Tag und Nacht riefen. Sie warfen ihn aus dem Bett, wenn er schlief, und störten ihn bei der Arbeit; dann hörte er sie tags und nachts miteinander sprechen und streiten. Das war keine Geisteskrankheit, und Moosbrugger mochte es nicht leiden, wenn man derart davon sprach; er putzte es freilich selbst manchmal mit Erinnerungen an geistliche Reden auf oder legte es nach den Ratschlägen des Simulierens an, die man in den Gefängnissen erhält, aber das Material dazu war immer bereit; bloß etwas verblasst, wenn man nicht gerade darauf achtete.

So war es auch auf den Wanderschaften gewesen. Im Winter ist für einen Zimmermann schwer Arbeit zu finden, und Moosbrugger lag oft wochenlang auf der Straße. Nun ist man Tage weit gewandert, gelangt in den Ort und findet kein Unterkommen. Muss bis spät in die Nacht weitermarschieren. Für eine Mahlzeit hat man kein Geld, so trinkt man Schnaps, bis hinter den Augen zwei Kerzen leuchten und der Körper allein geht. In der »Station« will man nicht um ein Nachtlager bitten, trotz der warmen Suppe, teils wegen des Ungeziefers und teils wegen der kränkenden Schererei; so bettelt man lieber ein paar Kreuzer zusammen und kriecht einem Bauern ins Heu. Ohne ihn zu bitten, natürlich, denn was soll man erst lang fragen und sich doch nur beleidigen lassen. Am Morgen gibt das freilich oft Streit und Anzeigen wegen Gewalttätigkeit, Vagabondage und Bettelei, und schließlich ergibt es einen immer dicker werdenden Bund solcher Vorstrafen, den jeder neue Richter wichtigtuerisch aufmacht, als ob Moosbrugger darin erklärt wäre.

Und wer denkt daran, was es heißt, sich tage- und wochenlang nicht richtig waschen zu können. Die Haut wird so steif, dass sie nur grobe Bewegungen erlaubt, selbst wenn man zärtliche machen wollte, und unter einer solchen Kruste erstarrt die lebendige Seele. Der Verstand mag weniger davon berührt werden, das Notwendige wird man ganz vernünftig tun; er mag eben wie ein kleines Licht in einem riesigen wandelnden Leuchtturm brennen, der voll zerstampfter Regenwürmer oder Heuschrecken ist, aber alles Persönliche ist darin zerquetscht, und es wandelt nur die gärende organische Substanz. Dann begegneten dem wandernden Moosbrugger, wenn er durch die Dörfer kam oder auch auf der einsamen Straße, ganze Prozessionen von Frauen. Jetzt eine, und eine halbe Stunde später zwar erst wieder eine Frau, aber wenn sie selbst in so großen Zwischenräumen kamen und gar nichts miteinander zu tun hatten, im Ganzen waren es doch Prozessionen. Sie gingen von einem Dorf zum andern oder hatten nur soeben vors Haus gesehn, sie trugen dicke Tücher oder Jacken, die in einer steifen Schlangenlinie um die Hüften standen, sie traten in warme Stuben ein oder trieben ihre Kinder vor sich her oder waren auf der Straße so allein, dass man sie mit einem Stein hätte werfen können wie eine Krähe. Moosbrugger behauptete, dass er kein Lustmörder sein könne, weil ihn immer nur Gefühle der Abneigung gegen diese Frauenspersonen beseelt hätten, und das erscheint nicht unwahrscheinlich, denn man will doch auch eine Katze verstehn, die vor einem Bauer sitzt, in dem ein dicker blonder Kanarienvogel auf und nieder hüpft; oder eine Maus schlägt, auslässt, wieder schlägt, nur um sie noch einmal fliehen zu sehn; und was ist ein Hund, der einem rollenden Rad nachläuft, nur noch im Spiel beißend, er, der Freund des Menschen?: da ist im Verhalten zum Lebendigen, Bewegten, stumm vor sich hin Rollenden oder Huschenden eine geheime Abneigung gegen das sich seiner selbst freuende Mitgeschöpf berührt. Und was sollte man schließlich machen, wenn sie schrie? Man könnte nur zur Besinnung kommen oder, wenn man das eben nicht kann, ihr Gesicht zu Boden drücken und Erde ihr in den Mund stopfen.

Moosbrugger war nur ein Zimmermannsgeselle, ein ganz einsamer Mensch, und obgleich er auf allen Plätzen, wo er arbeitete, von den Kameraden gut gelitten war, hatte er keinen Freund. Der stärkste Trieb wendete von Zeit zu Zeit sein Wesen grausam nach außen; aber vielleicht hatte ihm wirklich, wie er sagte, nur die Erziehung und die Gelegenheit gefehlt, um etwas anderes daraus zu machen, einen Massenwürgengel oder Theaterbrandstifter, einen großen Anarchisten; denn die Anarchisten, die sich in Geheimbünden zusammentun, nannte er mit Verachtung die falschen. Er war ersichtlich krank; aber wenn auch offenbar seine krankhafte Natur den Grund für sein Verhalten abgab, die ihn von den anderen Menschen absonderte, ihm kam das wie ein stärkeres und höheres Gefühl von seinem Ich vor. Sein ganzes Leben war ein zum Lachen und Entsetzen unbeholfener Kampf, um Geltung dafür zu erzwingen. Er hatte schon als Bursche einem Brotherrn die Finger gebrochen, als dieser ihn züchtigen wollte. Einem andern verschwand er mit Geld; aus notwendiger Gerechtigkeit, wie er sagte. Er hielt es auf keinem Platz lange aus; solang er in seiner wortkarg mit freundlicher Ruhe und riesigen Schultern arbeitenden Art, wie es anfangs immer geschah, die Leute in Scheu hielt, blieb er; sobald sie vertraulich und respektlos mit ihm umzugehen begannen, als würden sie ihn nun erkannt haben, packte er sich fort, denn ein unheimliches Gefühl ergriff ihn dann, so als wäre er nicht fest in seiner Haut. Einmal hatte er es zu spät getan; da verschworen sich vier Maurer auf einem Bau, ihn ihre Überlegenheit fühlen zu lassen und vom obersten Stockwerk das Gerüst hinunterzustürzen; er hörte sie schon hinter seinem Rücken kichern und heran kommen, da warf er sich mit seiner unermesslichen ganzen Kraft auf sie, stürzte den einen zwei Treppen hinab und zerschnitt zwei andren alle Sehnen des Arms. Dass er dafür bestraft wurde, hatte sein Gemüt erschüttert, wie er sagte. Er wanderte aus. In die Türkei; und wieder zurück, denn die Welt hielt überall gegen ihn zusammen; kein Zauberwort kam gegen diese Verschwörung auf und keine Güte.

Solche Worte hatte er in den Irrenhäusern und Gefängnissen eifrig gelernt; französische und lateinische Scherben, die er an den unpassendsten Stellen in seine Reden steckte, seit er herausbekommen hatte, dass es der Besitz dieser Sprachen war, was den Herrschenden das Recht gab, über sein Schicksal zu »befinden«. Aus dem gleichen Grund bemühte er sich auch in Verhandlungen, ein gewähltes Hochdeutsch zu sprechen, sagte etwa, »das muss als Grundlage meiner Brutalität dienen« oder »ich hatte sie mir noch grausamer vorgestellt, als ich derlei Weiber sonst einschätze«; wenn er aber sah, dass auch das den Eindruck verfehlte, schwang er sich nicht selten zu einer großen schauspielerischen Pose auf und erklärte sich höhnisch als »theoretischen Anarchisten«, der sich von den Sozialdemokraten jederzeit retten lassen könnte, wenn er von diesen ärgsten jüdischen Ausbeutern des arbeitenden, unwissenden Volks etwas geschenkt nehmen wollte: Da hatte auch er eine »Wissenschaft«, ein Gebiet, auf das ihm die gelehrte Anmaßung seiner Richter nicht folgen konnte.

Gewöhnlich trug ihm das die Gerichtssaalzensur der »bemerkenswerten Intelligenz«, ehrenvolle Beachtung während der Verhandlung und strengere Strafen ein, aber im Grunde empfand seine geschmeichelte Eitelkeit diese Verhandlungen als die Ehrenzeiten seines Lebens. Deshalb hasste er auch niemand so inbrünstig wie die Psychiater, die glaubten, sein ganzes schwieriges Wesen mit ein paar Fremdworten abtun zu können, als wäre es für sie eine alltägliche Sache. Wie immer in solchen Fällen, schwankten unter dem Druck der sich ihnen überordnenden juristischen Vorstellungswelt die medizinischen Gutachten über seinen Geisteszustand, und Moosbrugger ließ sich keine dieser Gelegenheiten entgehn, um in öffentlicher Verhandlung seine Überlegenheit über die Psychiater zu beweisen und sie als aufgeblasene Tröpfe und Schwindler zu entlarven, die ganz unwissend seien und ihn, wenn er simuliere, ins Irrenhaus aufnehmen müssten, statt ihn ins Zuchthaus zu schicken, wohin er gehöre. Denn er leugnete seine Taten nicht, er wollte sie als Unglücksfalle einer großen Lebensauffassung verstanden wissen. Die kichernden Weiber waren vor allem gegen ihn verschworen; sie hatten alle ihre Schürzenbuben, und das gerade Wort eines ernsten Mannes achteten sie für nichts, wenn nicht gar für eine Beleidigung. Er ging ihnen aus dem Weg, solang er konnte, um sich nicht reizen zu lassen; aber nicht allezeit war das möglich. Es kommen Tage, wo man als Mann ganz dumm im Kopf wird und nichts mehr anpacken kann, weil die Hände vor Unruhe schwitzen. Und muss man dann nachgeben, so kann man sicher sein, dass schon beim ersten Schritt, fern über den Weg wie eine Vorpatrouille, welche die andren geschickt haben, solch ein wandelndes Gift kreuzt, eine Betrügerin, die den Mann heimlich auslacht, während sie ihn schwächt und ihm ihr Theater vormacht, wenn sie nicht noch viel Schlimmeres ihm in ihrer Gewissenlosigkeit antut!

Und so war das Ende jener Nacht gekommen, einer teilnahmslos durchzechten Nacht mit viel Lärm zur Beschwichtigung der inneren Unruhe. Es kann, auch ohne, dass man betrunken ist, die Welt unsicher sein. Die Straßenwände wanken wie Kulissen, hinter denen etwas auf das Stichwort wartet, um herauszutreten. Am Rand der Stadt wird es ruhiger, wo man ins freie, vom Mond erhellte Feld kommt. Dort musste Moosbrugger umkehren, um in einem Bogen nach Haus zu finden, und da, bei der eisernen Brücke, sprach ihn das Mädchen an. Es war so ein Mädchen, wie sie sich unten in den Auen an Männer vermieten, ein stellenloses, davongelaufenes Dienstmädchen, eine kleine Person, von der man nur zwei lockende Mausaugen unter dem Kopftuch sah. Moosbrugger wies sie ab und beschleunigte seinen Gang; aber sie bettelte, dass er sie mit nach Haus nehmen möge. Moosbrugger ging; gradaus, um die Ecke, schließlich hilflos hin und her; er machte große Schritte, und sie lief neben ihm; er blieb stehn, und sie stand wie ein Schatten. Er zog sie hinter sich drein, das war es. Da machte er noch einen Versuch, sie zu verscheuchen; er drehte sich um und spuckte ihr zweimal ins Gesicht. Aber es half nicht; sie war unverwundbar.

Das geschah in dem stundenweiten Park, den sie an seiner schmalsten Stelle durchqueren mussten. Da wurde es zunächst Moosbrugger gewiss, dass ein Beschützer des Mädchens in der Nähe sein müsse; denn woher hätte sie sonst den Mut nehmen können, ihm trotz seines Unwillens zu folgen? Er griff nach dem Steckmesser in die Hosentasche, denn man wollte ihn zum Besten haben; vielleicht wieder über ihn herfallen; immer steckt ja hinter den Weibern der andere Mann, der einen verhöhnt. Überhaupt, kam sie ihm nicht wie ein verkleideter Mann vor? Er sah Schatten sich bewegen und hörte das Holz knacken, während die Schleicherin neben ihm wie eine ganz weit ausschwingende Uhr immer wieder nach einer Weile ihre Bitte wiederholte; aber es war nichts zu finden, worauf sich seine Riesenkraft hätte stürzen können, und er begann sich vor diesem unheimlichen Nichtgeschehen zu fürchten.

Als sie in die erste, noch sehr düstere Straße kamen, stand ihm der Schweiß auf der Stirn, und er zitterte. Er sah nicht zur Seite und wandte sich in ein Kaffeehaus, das noch offenstand. Er stürzte einen schwarzen Kaffee und drei Kognaks hinunter und durfte ruhig sitzen, vielleicht eine Viertelstunde lang; als er aber zahlte, war wieder der Gedanke da, was er beginnen werde, wenn sie nun draußen gewartet habe? Es gibt solche Gedanken, die wie Bindfaden sind und sich in endlosen Schlingen um Arme und Beine legen. Und als er kaum ein paar Schritte in die dunkle Straße getan hatte, fühlte er das Mädchen an seiner Seite. Sie war jetzt gar nicht mehr demütig, sondern frech und sicher; sie bat auch nicht mehr, sondern schwieg nur. Da erkannte er, dass er niemals von ihr loskommen werde, weil er es selbst war, der sie hinter sich herzog. Ein weinerlicher Ekel füllte seinen Hals aus. Er ging, und das, halb hinter ihm, war wiederum er. Genauso, wie er auch immer Prozessionen begegnet war. Er hatte sich einmal einen großen Holzsplitter selbst aus dem Bein geschnitten, weil er zu ungeduldig war, um auf den Arzt zu warten; ganz ähnlich fühlte er jetzt wieder sein Messer, lang und hart lag es in seiner Tasche.

Aber Moosbrugger verfiel mit einer geradezu überirdischen Anstrengung seiner Moral auf noch einen Ausweg. Hinter der Planke, längs der jetzt der Weg führte, lag ein Sportplatz; da war man ganz ungesehen, und er bog ein. In dem engen Kassenhäuschen legte er sich nieder und drängte den Kopf in die Ecke, wo es am dunkelsten war; das weiche verfluchte zweite Ich legte sich neben ihn. Er tat deshalb so, als ob er gleich einschliefe, um später davonschleichen zu können. Aber als er leise, mit den Füßen voran, hinauskroch, war es wieder da und schlang die Arme um seinen Hals. Da fühlte er etwas Hartes in ihrer oder seiner Tasche; er zerrte es hervor. Er wusste nicht recht, war es eine Schere oder ein Messer; er stach damit zu. Sie hatte behauptet, es sei nur eine Schere, aber es war sein Messer. Sie fiel mit dem Kopf in das Häuschen; er schleppte sie ein Stück heraus, auf die weiche Erde, und stach so lange auf sie ein, bis er sie ganz von sich losgetrennt hatte. Dann stand er vielleicht noch eine Viertelstunde bei ihr und betrachtete sie, während die Nacht wieder ruhiger und wundersam glatt wurde. Nun konnte sie keinen Mann mehr beleidigen und sich an ihn hängen. Schließlich trug er die Leiche über die Straße und legte sie vor ein Gebüsch, damit sie leichter gefunden und bestattet werden könne, wie er behauptete, denn nun konnte sie ja nichts mehr dafür.

In der Verhandlung bereitete Moosbrugger seinem Verteidiger die unvorhersehbarsten Schwierigkeiten. Er saß breit wie ein Zuschauer auf seiner Bank, rief dem Staatsanwalt Bravo zu, wenn dieser etwas für seine Gemeingefährlichkeit vorbrachte, das ihm seiner würdig erschien, und teilte lobende Zensuren an Zeugen aus, die erklärten, niemals etwas an ihm bemerkt zu haben, was auf Unzurechnungsfähigkeit schließen ließe. »Sie sind ein drolliger Kauz«, schmeichelte ihm von Zeit zu Zeit der die Verhandlung leitende Richter und zog gewissenhaft die Schlingen zusammen, die sich der Angeklagte gelegt hatte. Dann stand Moosbrugger einen Augenblick lang erstaunt wie ein in der Arena gehetzter Stier, ließ die Augen wandern und merkte an den Gesichtern der Umsitzenden, was er nicht verstehen konnte, dass er sich abermals eine Lage tiefer in seine Schuld hineingearbeitet hatte.

Es zog Ulrich besonders an, dass seiner Verteidigung offenbar ein schattenhaft kenntlicher Plan zugrunde lag. Er war weder mit der Absicht ausgegangen zu töten, noch durfte er seiner Würde halber krank sein; von Lust konnte überhaupt nicht gesprochen werden, sondern nur von Ekel und Verachtung: also musste die Tat ein Totschlag sein, zu dem ihn das verdächtige Benehmen des Weibes, »dieser Karikatur eines Weibes«, wie er sich ausdrückte, verleitet hatte. Wenn man ihn recht verstand, verlangte er sogar, dass man seinen Mord für ein politisches Verbrechen ansehe, und machte manchmal den Eindruck, dass er gar nicht für sich, sondern für diese Rechtskonstruktion kämpfe. Die Taktik, die der Richter dagegen anwandte, war die übliche, in allem nur die plump listigen Anstrengungen eines Mörders zu sehen, der sich seiner Verantwortung entziehen will. »Warum haben Sie sich die blutigen Hände abgewischt? – Warum haben Sie das Messer weggeworfen? – Warum haben Sie nach der Tat frische Kleider und Wäsche angezogen? – Weil es Sonntag war? Nicht, weil Sie blutig waren? – Weshalb sind Sie zu einer Unterhaltung gegangen? Die Tat hat Sie also nicht gehindert, das zu tun? Haben Sie überhaupt Reue empfunden?« Ulrich verstand gut die tiefe Entsagung, mit der Moosbrugger in solchen Augenblicken seine unzureichende Erziehung anklagte, die ihn verhinderte, dieses aus Unverständnis geflochtene Netz aufzuknoten, was aber in der Sprache des Richters mit strafendem Nachdruck hieß: »Sie wissen immer anderen die Schuld zu geben!« Dieser Richter fasste alles in eins zusammen, ausgehend von den Polizeiberichten und der Landstreicherei, und gab es als Schuld Moosbrugger; für den aber bestand es aus lauter einzelnen Vorfällen, die nichts miteinander zu tun hatten und jeder eine andere Ursache besaßen, die außerhalb Moosbruggers und irgendwo im Ganzen der Welt lag. In den Augen des Richters gingen seine Taten von ihm aus, in den seinen waren sie auf ihn zugekommen wie Vögel, die herbeifliegen. Für den Richter war Moosbrugger ein besonderer Fall; für sich war er eine Welt, und es ist sehr schwer, etwas Überzeugendes über eine Welt zu sagen. Es waren zwei Taktiken, die miteinander kämpften, zwei Einheiten und Folgerichtigkeiten; aber Moosbrugger hatte den ungünstigeren Stand, denn seine seltsamen Schattengründe hätte auch ein Klügerer nicht ausdrücken können. Sie kamen unmittelbar aus dem verwirrt Einsamen seines Lebens, und während alle anderen Leben hundertfach bestehen – in der gleichen Weise gesehn von denen, die sie führen, wie von allen anderen, die sie bestätigen – war sein wahres Leben nur für ihn vorhanden. Es war wie ein Hauch, der sich immerfort deformiert und die Gestalt wechselt. Freilich hätte er seine Richter fragen können, ob ihr Leben denn im Wesen anders sei? Aber so etwas dachte er gar nicht. Vor der Justiz lag alles, was nacheinander so natürlich gewesen war, sinnlos nebeneinander in ihm, und er bemühte sich mit den größten Anstrengungen, einen Sinn hineinzubringen, der der Würde seiner vornehmen Gegner in nichts nachstehen sollte.

Der Richter wirkte beinahe gütig in seinem Bemühen, ihn dabei zu unterstützen und ihm Begriffe zur Verfügung zu stellen, selbst wenn es solche waren, die Moosbrugger den fürchterlichsten Folgen auslieferten.

Es war wie der Kampf eines Schattens mit der Wand, und zum Schluss flackerte Moosbruggers Schatten nur noch grässlich. Bei dieser letzten Verhandlung war Ulrich dabei. Als der Vorsitzende das Gutachten vorlas, das ihn als verantwortlich erklärte, erhob sich Moosbrugger und tat dem Gerichtshof kund: »Ich bin damit zufrieden und habe meinen Zweck erreicht.« Spöttischer Unglaube in den Augen rings umher antwortete ihm, und er fügte zornig hinzu: »Dadurch, dass ich die Anklage erzwungen habe, bin ich mit dem Beweisverfahren zufrieden!« Der Vorsitzende, der jetzt ganz Strenge und Strafe geworden war, verwies es ihm mit der Bemerkung, dass es dem Gerichtshof nicht auf seine Zufriedenheit ankomme. Dann las er ihm das Todesurteil vor, genau so, als ob der Unsinn, den Moosbrugger zum Vergnügen aller Anwesenden während der ganzen Verhandlung gesprochen hatte, nun auch einmal ernst beantwortet werden müsste. Da sagte Moosbrugger nichts, damit es nicht wie ein Schreck aussehe. Dann wurde die Verhandlung geschlossen, und alles war vorbei. Da aber wankte doch sein Geist; er wich zurück, ohnmächtig gegen den Hochmut der Verständnislosen; er drehte sich um, den schon die Justizsoldaten hinausführten, kämpfte um Worte, reckte die Hände empor und rief mit einer Stimme, welche die Stöße seiner Wächter abschüttelte: »Ich bin damit zufrieden, wenn ich Ihnen auch gestehen muss, dass Sie einen Irrsinnigen verurteilt haben!«

Das war eine Inkonsequenz; aber Ulrich saß atemlos. Das war deutlich Irrsinn, und ebenso deutlich bloß ein verzerrter Zusammenhang unserer eignen Elemente des

Seins. Zerstückt und durchdunkelt war es; aber Ulrich fiel irgendwie ein: wenn die Menschheit als Ganzes träumen könnte, müsste Moosbrugger entstehn. Er ernüchterte sich erst, als der »elende Hanswurst von Verteidiger«, wie ihn Moosbruggers Undank einmal im Lauf der Verhandlung genannt hatte, wegen irgendwelcher Einzelheiten die Nichtigkeitsbeschwerde anmeldete, während ihrer beider riesiger Klient abgeführt wurde.

Ulrich hört Stimmen

Und plötzlich zogen sich seine Gedanken zusammen, und als ob er durch einen entstandenen Riss blickte, sah er Christian Moosbrugger, den Zimmermann, und seine Richter.

Quälend lächerlich für einen Menschen, der nicht so denkt, sprach der Richter: »Warum haben Sie sich die blutigen Hände abgewischt? – Warum haben Sie das Messer weggeworfen? – Warum haben Sie nach der Tat frische Kleider und Wäsche angezogen? – Weil es Sonntag war? Nicht, weil sie blutig waren? – Weshalb sind Sie am Abend darauf zu einer Tanzunterhaltung gegangen? Die Tat hat Sie also nicht gehindert, das zu tun? Haben Sie überhaupt keine Reue empfunden?«

In Moosbrugger erwacht ein Flackern: alte Zuchthauserfahrung, man müsse Reue heucheln. Das Flackern verzieht Moosbruggers Mund, und er spricht: »Gewiss!«

»Bei der Polizei haben Sie aber gesagt: Ich empfinde keine Reue, sondern nur Hass und Wut bis zum Paroxysmus!« hakt der Richter sofort ein.

»Möglich«, sagt Moosbrugger, wieder fest werdend und vornehm. »Möglich, dass ich damals keine anderen Empfindungen hatte.«

»Sie sind ein großer, starker Mann«, fällt der Staatsanwalt ein, »wie konnten Sie sich vor der Hedwig fürchten!«

»Herr Gerichtsrat«, antwortet Moosbrugger lächelnd, »sie war schmeichelhaft geworden. Ich stellte sie mir noch grausamer vor, als ich derlei Weiber sonst einschätze. Ich sehe wohl kräftig aus, bin es auch –«

»Nun also«, brummt der Vorsitzende, im Akt blätternd.

»Aber in gewissen Situationen«, sagt Moosbrugger laut, »bin ich ängstlich und sogar feig.«

Die Augen des Vorsitzenden schnellen aus dem Akt; wie zwei Vögel einen Ast, verlassen sie den Satz, auf dem sie soeben gesessen haben. »Damals, als Sie mit Ihren Kollegen auf dem Bau Streit bekommen haben, sind Sie aber gar nicht feig gewesen!« sagt der Vorsitzende. »Den einen haben Sie zwei Stock tief hinuntergeworfen und die andern mit dem Messer –«

»Herr Präsident«, ruft Moosbrugger mit gefährlicher Stimme, »ich stehe heute noch auf dem Standpunkt –«

Der Vorsitzende winkt ab.

»Unrecht«, sagt Moosbrugger, »das muss als Grundlage meiner Brutalität dienen. Ich bin als naiver Mensch vor Gericht gestanden und habe gedacht, die Herren Richter werden ohnehin alles wissen. Aber man hat mich enttäuscht!«

Das Gesicht des Richters steckt längst wieder im Akt.

Der Staatsanwalt lächelt und sagt freundlich: »Aber die Hedwig war doch ein ganz harmloses Mädchen!«

»*Mir* erschien sie nicht so!« erwidert Moosbrugger, immer noch aufgebracht.

»*Mir* scheint«, schließt der Vorsitzende mit Nachdruck, »dass Sie immer anderen die Schuld zu geben wissen!«

»Also warum haben Sie auf sie losgestochen?« fängt der Staatsanwalt freundlich von vorne an.

Wem gibst du recht?

Das war aus der Verhandlung, der Ulrich beigewohnt hatte, oder bloß aus den Berichten, die er gelesen hatte? Er erinnerte sich jetzt so lebhaft, als würde er diese Stimme hören. Er hatte noch nie in seinem Leben »Stimmen gehört«; bei Gott, so war er nicht. Aber wenn man sie hört, so senkt sich das etwa so herab wie die Ruhe eines Schneefalls. Mit einem Mal stehn Wände da, von der Erde bis in den Himmel; wo früher Luft gewesen ist, schreitet man durch weiche dicke Mauern, und alle Stimmen, die im Käfig der Luft von einer Stelle zur anderen gehüpft sind, gehen nun frei in den bis ins innerste zusammengewachsenen weißen Wänden.

Er war wohl überreizt von der Arbeit und Langweile, da kommt so etwas manchmal vor; aber er fand es gar nicht übel, Stimmen zu hören. Und plötzlich sagte er halblaut: »Man hat eine zweite Heimat, in der alles, was man tut, unschuldig ist.«

Bonadea nestelte an einer Schnur. Sie war inzwischen in sein Zimmer hereingekommen. Das Gespräch missfiel ihr, sie fand es undelikat; den Namen des Mädchenmörders, von dem man so viel in den Zeitungen gelesen hatte, hatte sie längst wieder vergessen, und er näherte sich nur widerstrebend ihrer Erinnerung, als Ulrich von ihm zu sprechen anhob.

»Aber wenn Moosbrugger«, sagte er nach einer Weile, »diesen beunruhigenden Eindruck von Unschuld hervorrufen kann, so kann das doch erst recht diese arme, verwahrloste, frierende Person mit den Mausaugen unter dem Kopftuch, diese Hedwig, die um Aufenthalt in seinem Zimmer gebettelt hat und deshalb von ihm getötet worden ist?«

»Lass doch!« schlug Bonadea vor und hob die weißen Schultern. Denn als Ulrich dem Gespräch diese Wendung gab, war es gerade in dem boshaft gewählten Augenblick geschehen, wo die halb hochgezogenen Kleider seiner gekränkten und nach Versöhnung durstenden Freundin, nachdem sie ins Zimmer gekommen war, von neuem am Teppich den kleinen, reizend mythologischen Schaumkrater bildeten, aus dem Aphrodite hervorsteigt. Bonadea war darum bereit, Moosbrugger zu verabscheuen und über sein Opfer mit einem flüchtigen Schauder hinwegzukommen. Aber Ulrich ließ es nicht zu und malte ihr kräftig das Schicksal aus, das Moosbrugger bevorstand. »Zwei Männer werden ihm die Schlinge um den Hals legen, ohne dass sie im Geringsten böse Gefühle gegen ihn hegen, sondern bloß, weil sie dafür bezahlt sind. Vielleicht hundert Menschen werden zusehen, teils weil es ihr Dienst verlangt, teils weil ein jeder gern einmal im Leben eine Hinrichtung gesehen haben will. Ein feierlicher Herr in Zylinder, Frack und schwarzen Handschuhen zieht die Schlinge an, und im gleichen Augenblick hängen sich seine zwei Gehilfen an die zwei Beine Moosbruggers, damit das Genick bricht. Dann legt der Herr mit dem schwarzen Handschuh die Hand auf Moosbruggers Herz und prüft mit der sorgenden Miene eines Arztes, ob es noch lebt; denn wenn es noch lebt, wird das Ganze etwas ungeduldiger und weniger feierlich noch einmal wiederholt. Bist du nun eigentlich für Moosbrugger oder gegen ihn?« fragte Ulrich.

Bonadea hatte langsam und schmerzlich wie ein zur Unzeit Geweckter »die Stimmung« verloren, – so pflegte sie ihre Anfälle von Ehebruch zu nennen. Jetzt musste sie sich setzen, nachdem ihre Hände eine Weile lang unentschlossen die sinkenden Kleider und das geöffnete Mieder gehalten hatten. Wie jede Frau in ähnlicher Lage hatte sie das feste Vertrauen in eine öffentliche Ordnung, die so gerecht sei, dass man, ohne an sie denken zu müssen, seinen privaten Angelegenheiten nachgehen könne; nun, wo sie an das Gegenteil gemahnt wurde, stand aber rasch die mitleidige Parteinahme für Moosbrugger, das Opfer, in ihr fest, mit Ausschaltung jedes Gedankens an Moosbrugger, den Schuldigen.

»Du bist also«, behauptete Ulrich, »jedes Mal für das Opfer und gegen die Tat.«

Bonadea äußerte das naheliegende Gefühl, dass ein solches Gespräch in einer solchen Lage ungehörig sei.

»Aber wenn sich dein Urteil so konsequent gegen die Tat richtet«, antwortete Ulrich, statt sich sofort zu entschuldigen, »wie willst du dann deine Ehebrüche rechtfertigen, Bonadea?!«

Besonders die Mehrzahl war undelikat! Bonadea schwieg, setzte sich mit verächtlicher Miene in einen der weichen Armstühle und sah gekränkt zu der Schnittlinie von Wand und Zimmerdecke empor.

Man führt Moosbrugger in
ein neues Gefängnis

Der Prostituiertenmörder Christian Moosbrugger war, wenige Tage nachdem in den Zeitungen die Berichte über die gegen ihn geführte Verhandlung zu erscheinen aufgehört hatten, vergessen worden, und die Erregung der Öffentlichkeit hatte sich anderen Gegenständen zugewandt. Nur ein Kreis von Sachverständigen beschäftigte sich noch weiter mit ihm. Sein Verteidiger hatte die Nichtigkeitsbeschwerde angemeldet, eine neue Überprüfung seines Geisteszustandes verlangt und sonst noch einiges getan: die Hinrichtung war auf unbestimmte Zeit verschoben worden, und man führte Moosbrugger in ein anderes Gefängnis.

Die Vorsicht, die dabei angewandt wurde, schmeichelte ihm; geladene Gewehre, viele Personen, Eisenschellen an Arm und Bein: man erwies ihm Aufmerksamkeit, man hatte Furcht vor ihm, und Moosbrugger liebte das. Als er in den Zellenwagen stieg, blickte er nach Bewunderung aus und warf ein Auge in den erstaunten Blick der Vorübergehenden. Kalter Wind, der die Straße herabblies, spielte in seinen Locken, die Luft zehrte an ihm. Zwei Sekunden lang; dann schob ein Justizsoldat an seinem Hintern, um ihn in den Wagen zu bringen.

Moosbrugger war eitel; er liebte es nicht, so geschoben zu werden; er fürchtete, dass ihn die Wache stoßen, anschreien oder über ihn lachen könnte; der gefesselte Riese wagte keinen seiner Führer anzusehen und rutschte freiwillig bis an die Vorderwand des Wagens.

Er fürchtete sich aber nicht vor dem Tod. Man muss im Leben vieles aushalten, das bestimmt weher tut als das

Aufhängen, und ob man ein paar Jahre mehr oder weniger lebt, darauf kommt es schon gar nicht an. Der passive Stolz eines Mannes, der viel eingesperrt worden ist, verbot ihm, sich vor der Strafe zu fürchten; aber er hing auch sonst nicht am Leben. Was hätte er daran lieben sollen? Doch nicht den Frühlingswind oder die weiten Landstraßen oder die Sonne? Das macht nur müde, heiß und staubig. Niemand liebt das, der es wirklich kennt. »Erzählen können«, dachte Moosbrugger, »gestern habe ich dort an der Ecke in dem Wirtshaus einen ausgezeichneten Schweinsbraten gegessen!« Das war schon mehr. Aber auch darauf konnte man verzichten. Was ihn gefreut hätte, wäre eine Befriedigung seines Ehrgeizes gewesen, der immer nur dummen Beleidigungen begegnet war. Ein wirres Geholper kam aus den Rädern durch die Bank in seinen Körper; hinter den Gitterstäben in der Türe liefen die Pflastersteine zurück, Lastfuhrwerke blieben zurück, zuweilen torkelten Männer, Frauen oder Kinder quer durch die Stäbe, von weit hinten schob sich ein Fiaker heran, wuchs, kam näher, begann Leben zu sprühen wie ein Schmiedeblock Funken, die Pferdeköpfe schienen die Türe durchstoßen zu wollen, dann lief das Geklapper der Hufe und der weiche Laut der Gummireifen hinter der Wand vorbei. Moosbrugger drehte den Kopf langsam zurück und sah wieder die Decke an, wo sie vor ihm an die Seitenwand stieß. Der Lärm draußen rauschte, schmetterte; war wie ein Tuch gespannt, über das hie und da der Schatten irgendeines Vorgangs huschte. Moosbrugger empfand diese Fahrt als Abwechslung, ohne auf ihren Inhalt viel zu achten. Zwischen zwei dunklen, ruhenden Gefängniszeiten schoss eine Viertelstunde undurchsichtig weiß schäumender Zeit. So hatte er auch seine Freiheit immer empfunden. Nicht eigens schön. »Die Geschichte mit der letzten Mahlzeit«, dachte er, »dem Gefängnisgeistlichen, den Henkern und der Viertelstunde, bis alles aus ist, wird nicht viel anders sein; sie wird auch auf ihren Rädern vorwärts tanzen, man wird fortwährend zu tun haben wie jetzt, um bei den Stößen nicht von der Bank zu rutschen, und wird nicht viel sehen und hören, weil lauter Leute um einen herumspringen. Es wird schon das Gescheiteste sein, wenn man endlich von allem Ruhe hat!«

Die Überlegenheit eines Mannes, der sich von dem Wunsch zu leben befreit hat, ist sehr groß. Moosbrugger erinnerte sich an den Kommissär, der ihn als Erster bei der Polizei einvernommen hatte. Das war ein feiner Mann gewesen, der leise sprach. »Schaun Sie, Herr Moosbrugger«, hatte er gesagt, »ich bitte Sie einfach inständig: gönnen Sie mir doch den Erfolg!« Und Moosbrugger hatte erwidert: »Gut, wenn Sie den Erfolg haben wollen, so machen wir jetzt Protokoll.« Der Richter hatte das später nicht glauben wollen, aber der Kommissär hatte es vor Gericht bestätigt. »Wenn Sie schon nicht aus eigenem Ihr Gewissen erleichtern wollen, so schenken Sie mir doch die persönliche Genugtuung, dass Sie es mir zuliebe tun«: Das hatte der Kommissär vor dem ganzen Gericht wiederholt, sogar der Vorsitzende hatte freundlich geschmunzelt, und Moosbrugger hatte sich erhoben. »Meine volle Hochachtung vor dieser Aussage des Herrn Polizeikommissärs!« hatte er laut verkündet und mit einer eleganten Verbeugung hinzugefügt: »Obwohl der Herr Kommissär mich mit den Worten entlassen haben: ›Wir sehen uns wohl nie wieder‹, so habe ich doch die Ehre und das Vergnügen, den Herrn Kommissär heute wiederzusehn.«

Das Lächeln des Einverständnisses mit sich selbst verklärte Moosbruggers Gesicht, und er vergaß die Soldaten, die ihm gegenübersaßen und geradeso wie er von den Stößen des Wagens hin und her geschleudert wurden.

Moosbrugger denkt nach

Inzwischen hatte sich Moosbrugger in seinem neuen Gefängnis eingerichtet, so gut es ging. Kaum hatte sich das Tor geschlossen, so war er angebrüllt worden. Man hatte ihm, als er aufbegehrte, mit Prügeln gedroht, wenn er sich recht erinnerte. Man hatte ihn in eine Einzelzelle gesteckt. Beim Spaziergang im Hof waren seine Hände gefesselt, und die Augen der Wärter hingen an ihm. Er war geschoren worden, ungeachtet seine Verurteilung noch nicht rechtskräftig war, angeblich, um ihn zu messen. Man hatte ihn mit einer stinkenden Schmierseife abgerieben, unter dem Vorwand einer Desinfektion. Er war ein alter Reisender, er wusste, dass nichts von alledem erlaubt war, aber hinter dem Eisentor ist es nicht einfach, in Ehren zu bestehn. Sie machten mit ihm, was sie wollten. Er ließ sich dem Gefangenhausleiter vorführen und beschwerte sich. Der Vorstand musste zugeben, dass einiges nicht der Vorschrift entspreche, aber es sei keine Strafe, sagte er, sondern Vorsicht. Moosbrugger beklagte sich bei dem Anstaltsgeistlichen; aber der war ein guter Greis, dessen freundliche Seelsorge die veraltete Schwäche hatte, dass sie vor Sexualverbrechen versagte. Er verabscheute sie mit dem Unverständnis eines Körpers, der nicht einmal ihren Rand gestreift hat, und erschrak sogar darüber, dass Moosbrugger mit seinem ehrlichen Aussehen die Schwäche des persönlichen Mitleids in ihm erregte; er wies ihn an den Anstaltsarzt, während er selbst, wie in allen solchen Fällen, nur eine große Bitte zum Schöpfer sandte, die auf keine Einzelheiten einging und so allgemein von Verwirrungen des Irdischen sprach, dass im Augenblick des Gebets Moosbrugger ebenso inbegriffen war wie die Freidenker und Atheisten. Der Gefängnisarzt aber meinte zu Moosbrugger, alles, worüber er sich beklage, sei doch gar nicht so schlimm, gab ihm einen behaglichen Klaps und ließ sich durch nichts bewegen, auf seine Beschwerden einzugehn, denn wenn Moosbrugger recht verstand, sei das überflüssig, solang die Frage, ob er krank sei oder simuliere, keine Antwort durch die Fakultät gefunden habe. Ergrimmt ahnte Moosbrugger, dass jeder von denen sprach, wie es ihm passte, und dass es dieses Sprechen war, was ihnen die Kraft gab, mit ihm umzugehn, wie sie wollten. Er hatte das Gefühl einfacher Leute, dass man den Gebildeten die Zunge abschneiden sollte. Er blickte in das Doktorsgesicht mit den Schmissen, in das von innen ausgetrocknete geistliche Gesicht, in das streng aufgeräumte Kanzleigesicht des Verwalters, sah jedes in einer anderen Weise in das seine schaun, und etwas für ihn Unerreichbares, aber ihnen Gemeinsames lag in diesen Gesichtern, das lebenslang sein Feind gewesen war.

Die zusammenziehende Kraft, die draußen jeden Menschen mit seinem Eigendünkel mühsam zwischen all das andere Fleisch presst, war unter dem Dach des Strafhauses, trotz aller Disziplin um ein weniges schlaffer, wo alles auf Warten lebte und die lebendige Beziehung der Menschen zueinander, selbst wenn sie grob und heftig war, von einem Schatten der Unwirklichkeit ausgehöhlt wurde. Moosbrugger reagierte auf die Entspannung nach dem Kampf der Verhandlungen mit dem gesamten starken Körper. Er kam sich vor wie ein lockerer Zahn. Die Haut juckte ihn. Er fühlte sich angesteckt und elend. Es war eine wehleidige, zart nervöse Überempfindlichkeit, wie sie ihn manchmal befiel; die Frau, die unter der Erde lag und ihm das eingebrockt hatte, erschien ihm als ein derbes böses Weibsstück gegenüber einem Kind, wenn er sie mit sich verglich. Trotzdem war Moosbrugger im Ganzen nicht unzufrieden; er konnte an vielem bemerken, dass er hier eine wichtige Person sei, und das schmeichelte ihm. Sogar die Fürsorge, die allen Sträflingen unterschiedslos zuteil wurde, bereitete ihm Genugtuung. Der Staat musste sie nähren, baden, kleiden und sich um ihre Arbeit, Gesundheit, ihre Bücher und ihren Gesang kümmern, seit sie sich etwas hatten zuschulden kommen lassen, während er das vordem niemals getan hatte. Moosbrugger genoss diese Achtsamkeit, wenn sie auch streng war, wie ein Kind, dem es gelungen ist, seine Mutter zu zwingen, sich zornig mit ihm zu beschäftigen; aber er wünschte nicht, dass sie lange dauere; die Vorstellung, dass er zu lebenslänglichem Zuchthaus begnadigt oder wieder einer Irrenanstalt übergeben werden könnte, erregte jenen Widerstand in ihm, den wir fühlen, wenn uns alle Anstrengungen, unserem Leben zu entkommen, immer wieder in die gleichen, verhassten Lebenslagen zurückführen. Er wusste, dass sein Verteidiger sich um die Wiederaufnahme des Verfahrens bemühte und dass er noch einmal untersucht werden sollte, aber er nahm sich vor, rechtzeitig dagegen aufzutreten und darauf zu bestehen, dass man ihn töte.

Dass sein Abschied seiner würdig sein müsse, stand für ihn fest, denn sein Leben war ein Kampf um sein Recht gewesen. In der Einzelzelle dachte Moosbrugger darüber nach, was sein Recht sei. Das konnte er nicht sagen. Aber es war das, was man ihm sein Leben lang vorenthalten hatte. In dem Augenblick, wo er daran dachte, schwoll sein Gefühl an. Seine Zunge wölbte sich und setzte zu einer Bewegung an wie ein Hengst im spanischen Schritt; so vornehm wollte sie es betonen. »Recht«, dachte er außerordentlich langsam, um diesen Begriff zu bestimmen, und dachte so, als ob er mit jemand spräche, »das ist, wenn man nicht unrecht tut oder so, nicht wahr?« – und plötzlich fiel ihm ein: »Recht ist Jus.« So war es; sein Recht war sein Jus! Er sah sein Holzlager an, um sich darauf zu setzen, drehte sich umständlich um, rückte vergebens an der am Boden festgeschraubten Pritsche und ließ sich zögernd nieder. Sein Jus hatte man ihm vorenthalten! Er erinnerte sich an die Meisterin, die er mit sechzehn Jahren hatte. Er hatte geträumt, dass ihn etwas Kaltes am Bauch anblase, dann war es in seinem Leib verschwunden, er hatte geschrien, war aus dem Bett gefallen, und am nächsten Morgen hatte er sich am ganzen Körper zerschlagen gefühlt. Nun hatten ihm aber andere Lehrburschen einmal gesagt, wenn man einer Frau die Faust so zeige, dass der Daumen zwischen dem Mittel- und dem Zeigefinger ein wenig hervorschaut, so könne sie nicht widerstehn. Es war ihm wirr zumut; sie wollten es alle schon erprobt haben, aber wenn er daran dachte, so ging der Boden unter den Füßen fort oder sein Kopf fing an, anders am Hals zu sitzen, als er es gewohnt war, kurz es ging etwas mit ihm vor, das um Haaresbreite von der natürlichen Ordnung abrückte und nicht ganz sicher war. »Meisterin«, sagte er, »ich möchte Ihnen etwas Liebes tun …« Sie waren allein, da sah sie ihm in die Augen, musste darin etwas gelesen haben und erwiderte: »Scher dich nur aus der Küche!« Darauf hielt er ihr die Faust mit dem hindurchgesteckten Daumen entgegen. Der Zauber wirkte aber nur halb; die Meisterin wurde blutrot und schlug ihn so schnell, dass er nicht davonkommen konnte, mit dem Holzlöffel, den sie in der Hand hielt, über das Gesicht; er begriff es erst, als ihm das Blut über die Lippen zu rinnen begann. Aber an diesen Augenblick erinnerte er sich nun genau, denn das Blut kehrte mit einem Mal um, floss aufwärts und stieg über die Augen hinaus; er stürzte sich auf das mächtige Frauenzimmer, das ihn so schändlich beleidigt hatte, der Meister kam herbei, und was von da an geschah, bis zu dem Augenblick, wo er mit wankenden Beinen auf der Straße stand und seine Sachen ihm nachgeworfen wurden, war, als ob man ein großes rotes Tuch in Fetzen risse. So hatte man sein Jus verhöhnt und geschlagen, und er begann wieder zu wandern. Findet man das Jus auf der Straße?! Alle Weiber waren schon das Jus von irgendwem, und alle Äpfel und Schlafstätten; und die Gendarmen und Bezirksrichter waren schlimmer als die Hunde.

Aber was das eigentlich war, woran ihn die Leute immer zu packen bekamen und weshalb sie ihn in die Gefängnisse und Irrenanstalten warfen, das konnte Moosbrugger niemals recht herauskriegen. Er stierte lange zu Boden und angestrengt in die Ecken seiner Zelle; ihm war zumute wie jemand, dem ein Schlüssel auf die Erde gefallen ist. Aber er konnte ihn nicht finden; der Boden und die Ecken wurden wieder taghell grau und nüchtern, nachdem sie soeben noch wie ein Traumboden gewesen waren, wo plötzlich ein Ding oder ein Mensch aufwächst, wenn ein Wort hinfällt. Moosbrugger nahm seine ganze Logik zusammen. Genau zu erinnern vermochte er sich nur an alle Orte, wo das begann. Er hätte sie aufzuzählen und zu beschreiben vermögen. Einmal war es in Linz und ein andermal in Braila gewesen. Jahre lagen dazwischen. Und zuletzt hier in der Stadt. Er sah jeden Stein vor sich. So deutlich, wie Steine es gewöhnlich gar nicht sind. Er erinnerte sich auch an die schlechte Laune, die das jedes Mal begleitete. Als ob er Gift statt Blut in den Adern hätte, konnte man sagen, oder so ähnlich. Er arbeitete zum Beispiel im Freien, und Frauen gingen vorbei; er mochte sie nicht ansehen, weil sie ihn störten, aber immerzu gingen neue vorbei; da folgten ihnen dann schließlich seine Augen mit Abscheu, und das war wieder so, dieses langsame Hin- und Herdrehen der Augen, wie wenn sie innen in Pech oder erstarrendem Zement rühren würden. Dann merkte er, dass sein Denken anfing schwer zu werden. Er dachte ohnehin langsam, die Worte bereiteten ihm Mühe, er hatte nie genug Worte, und zuweilen, wenn er mit jemand sprach, kam es vor, dass der ihn plötzlich erstaunt ansah und nicht begriff, wieviel ein einzelnes Wort sagte, wenn Moosbrugger es langsam hervorbrachte. Er beneidete alle Menschen, die schon in der Jugend gelernt hatten, leicht zu sprechen; ihm klebten die Worte zu Trotz gerade in den Zeiten, wo er sie am dringendsten brauchte, wie Gummi am Gaumen fest, und es verging dann manchmal eine unermessliche Weile, ehe er eine Silbe losriss und wieder vorwärtskam. Die Erklärung war nicht abzuweisen, dass das schon keine natürliche Ursache mehr habe. Wenn er aber bei Gericht sagte, es seien die Freimaurer oder die Jesuiten oder die Sozialisten, die ihn auf diese Weise verfolgten, so verstand ihn kein Mensch. Die Juristen konnten zwar besser reden als er und hielten ihm alles Mögliche entgegen, aber von den wirklichen Zusammenhängen hatten sie keine Ahnung.

Und wenn das einige Zeit gedauert hatte, so bekam Moosbrugger Angst. Versuche einer, sich mit gefesselten Händen auf die Straße zu stellen und abzuwarten, wie sich die Leute benehmen! Das Bewusstsein, dass seine Zunge oder etwas, das noch weiter drinnen in ihm sich befand, wie mit Leim gefesselt sei, bereitete ihm eine klägliche Unsicherheit, die zu verbergen er sich tagelang Mühe geben musste. Aber dann kam plötzlich eine scharfe, man könnte fast auch sagen lautlose Grenze. Mit einem Mal war ein kalter Hauch da. Oder in der Luft tauchte ganz nah vor ihm eine große Kugel auf und flog in seine Brust. Und im gleichen Augenblick fühlte er etwas an sich, in seinen Augen, auf den Lippen oder in den Gesichtsmuskeln; in die ganze Umgebung kam ein Schwinden, ein Schwärzen, und während sich die Häuser auf die Bäume legten, huschten aus dem Gebüsch vielleicht ein paar rasch davonspringende Katzen hervor. Es dauerte nur eine Sekunde, und dann war dieser Zustand vorbei.

Und damit begann eigentlich erst die Zeit, von der sie alle etwas erfahren wollten und immerzu redeten. Sie machten ihm die unnützesten Einwände, und leider konnte er sich selbst an seine Erlebnisse nur unscharf und dem Sinn nach erinnern. Denn diese Zeiten waren ganz Sinn! Sie dauerten manchmal Minuten, manchmal hielten sie aber auch tagelang an, und manchmal gingen sie in andere, ähnliche über, die monatelang dauern konnten. Um mit diesen zu beginnen, weil sie die einfacheren sind, die auch ein Richter nach Moosbruggers Meinung begreifen konnte, so hörte er dann Stimmen oder Musik oder ein Wehen und Summen, auch Sausen und Rasseln oder Schießen, Donnern, Lachen, Rufen, Sprechen und Flüstern. Das kam von überall her; es saß in den Wänden, in der Luft, in den Kleidern und in seinem Körper. Er hatte den Eindruck, dass er es im Körper mit sich trage, solange es schwieg; und sobald es ausgekommen war, verbarg es sich in der Umgebung, aber auch nie sehr weit von ihm. Wenn er arbeitete, so sprachen die Stimmen meist in abgerissenen Worten und kurzen Sätzen auf ihn ein, sie beschimpften und kritisierten ihn, und wenn er etwas dachte, so sprachen sie es aus, ehe er selbst dazu kam, oder sagten boshaft das Gegenteil von dem, was er wollte. Moosbrugger konnte nur darüber lachen, dass man ihn deshalb für krank erklären wollte; er selbst behandelte diese Stimmen und Gesichte nicht anders wie die Affen. Es unterhielt ihn, zu hören und zu sehen, was sie trieben; das war unvergleichlich schöner als die zähen, schweren Gedanken, die er selbst hatte; wenn sie ihn aber sehr ärgerten, so geriet er in Zorn, das war schließlich nur natürlich. Da er auf alle Worte, die man für ihn verwendete, stets sehr gut aufgepasst hatte, wusste Moosbrugger, dass man das Halluzinieren nennt, und war einverstanden damit, dass er diese Eigenschaft Halluzinieren vor anderen voraus habe, die es nicht können; denn er sah auch vieles, was andere nicht sehen, schöne Landschaften und höllische Tiere, aber er fand die Wichtigkeit, die man dem beilegte, sehr übertrieben, und wenn ihm der Aufenthalt in den Irrenanstalten zu unangenehm wurde, so behauptete er ohne weiteres, dass er nur schwindle. Die Klugköpfe fragten ihn, wie laut es sei; diese Frage hatte wenig Vernunft: natürlich war es manchmal so laut wie ein Donnerschlag, was er hörte, und manchmal war es das leiseste Flüstern. Auch die Schmerzen, die ihn zuweilen quälten, konnten unerträglich sein oder bloß so leicht wie eine Einbildung. Das war nicht das Wichtige. Oft hätte er nicht genau beschreiben können, was er sah, hörte und spürte; dennoch wusste er, was es war. Es war manchmal sehr undeutlich; die Gesichte kamen von außen, aber ein Schimmer von Beobachtung sagte ihm zugleich, dass sie trotzdem von ihm selbst kämen. Das Wichtige war, dass es gar nichts Wichtiges bedeutet, ob etwas draußen ist oder innen; in seinem Zustand war das wie helles Wasser zu beiden Seiten einer durchsichtigen Glaswand.

Und in seinen großen Zeiten beachtete Moosbrugger gar nicht die Stimmen und Gesichte, sondern er dachte. Er nannte das so, weil ihm dieses Wort immer Eindruck gemacht hatte. Er dachte besser als andere, denn er dachte außen und innen. Es wurde gegen seinen Willen in ihm gedacht. Er sagte, Gedanken würden ihm gemacht. Und ohne dass er seine langsame männliche Bedächtigkeit verlor, erregten ihn auch die geringsten Nebensachen, wie es einer Frau geschieht, wenn ihr die Milch in den Brüsten steht. Sein Denken floss dann wie ein von Hunderten springender Bäche getränkter Bach durch eine fette Wiese. Moosbrugger hatte nun den Kopf sinken lassen und sah auf das Holz zwischen seinen Fingern. »Da sagen hier die Leute zu einem Eichhörnchen Eichkatzl«, fiel ihm ein; »aber es sollte bloß einmal einer versuchen, mit dem richtigen Ernst auf der Zunge und im Gesicht ›Die Eichenkatze‹ zu sagen! Alle würden aufschaun, wie wenn mitten im furzenden Plänklerfeuer eines Manöverangriffs ein scharfer Schuss fällt! In Hessen sagen sie dagegen Baumfuchs. Ein weitgewanderter Mensch weiß so etwas.« Und da taten die Psychiater wunder wie neugierig, wenn sie Moosbrugger das gemalte Bild eines Eichhörnchens zeigten, und er darauf antwortete: »Das ist halt ein Fuchs oder vielleicht ist es ein Hase; es kann auch eine Katz sein oder so.« Sie fragten ihn dann jedes Mal recht schnell: »Wieviel ist vierzehn mehr vierzehn?« Und er antwortete ihnen bedächtig: »So ungefähr achtundzwanzig bis vierzig.« Dieses »Ungefähr« bereitete ihnen Schwierigkeiten, über die Moosbrugger schmunzelte. Denn es ist ganz einfach; er weiß auch, dass man bei achtundzwanzig anlangt, wenn man von der Vierzehn um vierzehn weiter geht, aber wer sagt denn, dass man dort stehen bleiben muss?! Moosbruggers Blick schweift noch um ein Stück weiter, wie der eines Mannes, der einen in den Himmel gezeichneten Hügelkamm erreicht hat und nun sieht, dass es ähnliche Hügelkämme dahinter noch mehrere gibt. Und wenn ein Eichkatzl keine Katze ist und kein Fuchs und statt eines Horns Zähne hat wie der Hase, den der Fuchs frisst, so braucht man die Sache nicht so genau zu nehmen, aber sie ist in irgendeiner

Weise aus alledem zusammengenäht und läuft über die Bäume. Nach Moosbruggers Erfahrung und Überzeugung konnte man kein Ding für sich herausgreifen, weil eins am anderen hing. Und es war in seinem Leben auch schon vorgekommen, dass er zu einem Mädchen sagte: »Ihr lieber Rosenmund!«, aber plötzlich ließ das Wort in den Nähten nach, und es entstand etwas sehr Peinliches: das Gesicht wurde grau, ähnlich wie Erde, über der Nebel liegt, und auf einem langen Stamm stand eine Rose hervor; dann war die Versuchung, ein Messer zu nehmen und sie abzuschneiden oder ihr einen Schlag zu versetzen, damit sie sich wieder ins Gesicht zurückziehe, ungeheuer groß. Gewiss, Moosbrugger nahm nicht immer gleich das Messer; er tat das nur, wenn er nicht mehr anders fertig wurde. Gewöhnlich wendete er eben seine ganze Riesenkraft an, um die Welt zusammenzuhalten.

Er konnte bei guter Laune einem Mann ins Gesicht schauen und bemerkte darin sein eigenes Gesicht, wie es zwischen Fischchen und hellen Steinen aus einem seichten Bach zurückblickt; in schlechter Laune brauchte er aber nur flüchtig das Gesicht eines Mannes zu prüfen und erkannte, dass es derselbe Mann war, mit dem er noch überall Streit bekommen hatte, wie sehr sich der auch jedes Mal anders verstellte. Was will man ihm einwenden?! Wir alle haben fast immer mit dem gleichen Mann Streit. Wenn man untersuchen würde, wer die Menschen sind, an denen wir so unsinnig hängen bleiben, so müsste sich zeigen, es ist der Mann mit dem Schlüsselbart, zu dem wir das Schloss haben. Und in der Liebe? Wieviel Menschen sehen tagaus, tagein in das gleiche geliebte Gesicht, aber wissen, wenn sie die Augen schließen, nicht zu sagen, wie es aussieht. Oder auch ohne Liebe und Hass: welchen Veränderungen sind die Dinge unaufhörlich je nach Gewohnheit, Laune und Standpunkt ausgesetzt! Wie oft brennt Freude ab, und es kommt ein unzerstörbarer Kern von Trauer hervor?! Wie oft schlägt ein Mensch gleichmütig auf einen anderen ein, aber könnte ihn ebenso in Ruhe lassen. Das Leben bildet eine Oberfläche, die so tut, als ob sie so sein müsste, wie sie ist, aber unter ihrer Haut treiben und drängen die Dinge. Moosbrugger stand immer mit den Beinen auf zwei Schollen und hielt sie zusammen, vernünftig bemüht, alles zu vermeiden, was ihn verwirren konnte; aber manchmal brach ihm ein Wort im Munde auf, und welche Revolution und welcher Traum der Dinge quoll dann aus so einem erkalteten, ausgeglühten Doppelwort wie Eichkätzchen oder Rosenlippe!

Wie er da auf seiner Bank in der Zelle saß, die zugleich sein Bett und sein Tisch war, beklagte er seine Erziehung, die ihn nicht gelehrt hatte, seine Erfahrungen so auszudrücken, wie es sein müsste. Die kleine Person mit den Mausaugen, die ihm noch jetzt, wo sie schon lang unter der Erde lag, soviel Unannehmlichkeiten bereitete, ärgerte ihn. Alle waren auf ihrer Seite. Er stand schwerfällig auf. Er fühlte sich morsch wie verkohltes Holz. Er hatte wieder Hunger; die Anstaltskost war zu gering für den gewaltigen Mann, und er besaß kein Geld, um sie zu verbessern. In einem solchen Zustand konnte er sich unmöglich auf alles besinnen, was man von ihm wissen wollte. Es war ebenso eine Veränderung gekommen, tagelang, wochenlang, wie der März kommt oder der April, und obenauf war dann die Geschichte geschehn. Er wusste auch nicht mehr von ihr, als im Polizeiprotokoll stand, und wusste nicht einmal, wie das dort hineingekommen war. Die Gründe, die Überlegungen, an die er sich erinnerte, die hatte er ohnedies schon in der Verhandlung gesagt; aber was wirklich geschehen war, das kam ihm so vor, als ob er plötzlich fließend etwas in einer fremden Sprache gesprochen hätte, das ihn sehr glücklich gemacht hatte, das er aber nicht mehr wiederholen konnte.

»Soll das alles nur so bald wie möglich ein Ende nehmen!« dachte Moosbrugger.

Moosbrugger tanzt

Moosbrugger saß indessen noch immer in einer Untersuchungszelle des Landesgerichts. Sein Verteidiger hatte frischen Wind in die Segel bekommen und bemühte sich bei den Behörden, die Causa nicht so rasch zum letzten Federstrich kommen zu lassen.

Moosbrugger lächelte dazu. Er lächelte aus Langeweile.

Die Langeweile wiegte seine Gedanken. Gewöhnlich löscht sie sie ja aus; aber die seinen wiegte sie; diesmal; es war ein Zustand, wie wenn ein Schauspieler in der Garderobe sitzt und auf seinen Auftritt wartet.

Wenn Moosbrugger einen großen Säbel gehabt hätte, würde er ihn jetzt genommen und dem Stuhl den Kopf abgeschlagen haben. Er würde dem Tisch den Kopf abgeschlagen haben und dem Fenster, dem Kübel und der Türe. Er würde dann allem, dem er den Kopf abschlug, seinen eigenen aufgesetzt haben, denn es gab in dieser Zelle nur seinen eigenen Kopf, und das war schön. Er konnte sich ihn vorstellen, wie er auf den Dingen saß, mit dem breiten Schädel, dem Haar, das sich wie ein Fell vom Scheitel in die Stirn zog. Er hatte die Dinge dann gern.

Wenn der Raum nur größer gewesen wäre und das Essen besser!

Er war recht froh, dass er keine Menschen sehen konnte. Menschen waren für ihn schwer erträglich. Sie hatten oft eine Art, auszuspucken oder die Schulter hochzuziehen, dass man ganz hoffnungslos wurde und sie mit der Faust in den Rücken stoßen mochte, so als ob man ein Loch durch die Wand schlagen müsste. Moosbrugger glaubte nicht an Gott, sondern an seine persönliche Vernunft. Die ewigen Wahrheiten hießen bei ihm verächtlich: der Richter, der Pfaffe, der Gendarm. Er musste sich seine Sache allein machen, und da hat man schon manchmal den Eindruck, dass einem alle den Weg verstellen! Er sah vor sich, was er oft gesehen: die Tintenfässer, das grüne Tuch, die Bleistifte, dann das Kaiserbildnis an der Wand und wie sie alle dasaßen; in seiner Anordnung kam ihm das wie ein Schnappeisen vor, zugedeckt mit dem Gefühl, es muss so sein, statt mit Gras und Blättern. Dann fiel ihm gewöhnlich ein, wie draußen ein Busch an einem Flussknie stand, das Kreischen eines Schöpfbrunnens, Bruchstücke durcheinandergeratender Gegenden, ein endloser Vorrat an Erinnerungen, von denen er gar nicht gewusst hatte, dass sie ihm ihrerzeit gefällig gewesen waren. Und er träumte: »Ich könnte ihnen etwas erzählen!« Wie ein junger Mensch träumt. Und den hatte man so oft eingesperrt, dass er nie alt wurde. »Das nächste Mal werde ich mir das genauer anschauen müssen«, dachte Moosbrugger, »sonst verstehen sie mich ja doch nicht!« Und dann lächelte er streng und sprach wie ein Vater über sich mit den Richtern, der von seinem Sohn sagt: er taugt nichts, sperrt ihn nur tüchtig ein, vielleicht nimmt er sich dann zusammen!

Natürlich ärgerte er sich jetzt zuweilen über die Anordnungen im Gefängnis. Oder es tat ihm etwas weh. Aber dann konnte er sich dem Gefängnisarzt vorführen lassen oder dem Direktor, und so kam alles doch wieder in eine gewisse Ordnung und Ruhe, wie das Wasser über einer toten Ratte, die hineingefallen ist. Freilich stellte er sich das nicht gerade unter diesem Bild vor; aber einen Eindruck, wie ein großes, spiegelndes Wasser ausgebreitet zu sein, das durch nichts zu stören ist, den hatte er jetzt fast immer, wenn er auch die Worte dafür nicht hatte.

Die Worte, die er hatte, waren: – Hmhm, soso.

Der Tisch war Moosbrugger.

Der Stuhl war Moosbrugger.

Das vergitterte Fenster und die verschlossene Tür war er selbst.

Er meinte das keineswegs verrückt und ungewöhnlich.

Die Gummibänder waren einfach weg. Hinter jedem Ding oder Geschöpf, wenn es einem anderen ganz nah kommen möchte, ist ein Gummiband, das sich spannt. Sonst könnten ja auch am Ende die Dinge durch einander hindurchgehen. Und in jeder Bewegung ist ein Gummiband, das einen nie ganz das tun lässt, was man möchte. Diese Gummibänder waren nun mit einem Mal fort. Oder war es bloß das hinderliche Gefühl wie von Gummibändern?

Das kann man wohl nicht so genau unterscheiden? »Zum Beispiel, Frauen halten ihre Strümpfe mit Gummibändern. Da hat man's!« – dachte Moosbrugger. »Sie tragen wie ein Amulett Gummibänder ums Bein. Unter den Kitteln. Wie die Ringe, mit denen man die Obstbäume beschmiert, damit die Würmer nicht hinaufsteigen.«

Aber das sei nur nebenbei erwähnt. Damit man nicht glaube, Moosbrugger hätte das Bedürfnis gehabt, zu allem Bruder zu sagen. So war er nun nicht gerade. Er war bloß innen und außen.

Er beherrschte jetzt alles und herrschte es an. Er brachte alles in Ordnung, ehe man ihn tötete. Er konnte denken, woran er wollte, augenblicklich war er so fügsam wie ein gut erzogener Hund, zu dem man »Kusch!« sagt. Er hatte, obgleich er eingesperrt war, ein ungeheures Gefühl der Macht.

Pünktlich kam die Suppe. Pünktlich wurde er geweckt und spazieren geführt. Alles in der Zelle war pünktlich streng und unverrückbar. Das kam ihm manchmal ganz unglaublich vor. In einer merkwürdigen Umkehrung hatte er den Eindruck, diese Ordnung gehe von ihm aus, obwohl er wusste, dass sie ihm auferlegt war.

Andere Leute haben solche Erlebnisse, wenn sie im Sommerschatten einer Hecke liegen, die Bienen summen, die Sonne klein und hart durch den milchhellen Himmel zieht; die Welt dreht sich dann wie ein mechanisches Spielwerk um solche Leute. In Moosbrugger besorgte das schon der geometrische Anblick, den ihm seine Zelle bot.

Er bemerkte dabei, dass er sich wie verrückt nach gutem Essen sehnte; er träumte davon, und bei Tag lagen die Umrisse eines guten Tellers Schweinsbraten mit fast unheimlicher Beständigkeit vor seinem Auge, sobald sein Geist von anderen Beschäftigungen zurückkehrte. »Zwei Teller!« befahl Moosbrugger dann. »Oder drei!« Er dachte es so stark und die Vorstellung gierig vergrößernd, dass ihm augenblicklich voll und übel wurde, er überfraß sich im Gedanken. »Warum«, überlegte er kopfwiegend, »folgt so schnell auf dass man essen möchte, dass man schon zu platzen glaubt?« Zwischen Essen und Platzen liegen alle Genüsse der Welt; ach, was für eine Welt, man könnte an hundert Beispielen nachweisen, wie schmal dieser Raum ist! Nur eines davon: Eine Frau, die man nicht hat, ist so, wie wenn der Mond nachts immer höher steigt und saugt und saugt am Herzen; wenn man sie aber gehabt hat, möchte man mit dem Stiefel in ihrem Gesicht herumtreten. Warum ist das so? Er erinnerte sich, dass er oft danach gefragt worden war. Also man konnte antworten, Frauen sind Frauen und Männer; weil die ihnen nachrennen. Aber auch das wollten die, die ihn fragten, nie recht verstehn. Sie wollten wissen, warum er sich einbilde, dass die Leute gegen ihn verschworen seien. Als ob nicht sogar sein eigener Körper mit ihnen konspiriert hätte! Bei Frauen ist das ja ganz klar.

Aber auch mit Männern verstand sich sein Körper besser als er selbst; ein Wort gibt das andere, man weiß, was sich gehört, man dreht sich den ganzen Tag einer um den anderen, und im Nu ist man über den schmalen Streif hinaus, wo man ungefährlich miteinander verkehrt: wenn ihm das aber sein Körper zugezogen hatte, dann sollte er ihn nur auch davon befreien! Soweit sich Moosbrugger erinnerte, war er ärgerlich gewesen oder hatte Furcht gehabt, und seine Brust mit den Armen stürzte sich vor wie ein großer Hund, dem das befohlen worden ist. Weiter konnte es Moosbrugger auch nicht verstehn; der Raum zwischen Freundlichkeit und Genughaben ist eben schmal, und wenn es einmal so anfängt, dann wird es rasch entsetzlich eng.

Er erinnerte sich sehr gut, dass die Leute, die sich in Fremdworten ausdrücken können und immerzu über ihn zu Gericht saßen, ihm oft vorgehalten hatten: »Aber deswegen bringt man einen anderen doch nicht gleich um?!« Moosbrugger zuckte die Achseln. Es sind schon Leute wegen ein paar Kreuzern umgebracht worden oder für nichts, weil ein anderer es sich gerade so eingebildet hat. Aber er hielt auf sich, er war nicht so einer. Der Vorwurf hatte ihm mit der Zeit Eindruck gemacht; er würde gerne gewusst haben, warum ihm von Zeit zu Zeit so eng wurde oder wie man das nennen soll, so dass er sich mit Gewalt Platz schaffen musste, damit ihm das Blut wieder aus dem Kopf rinnen konnte. Er dachte nach. Aber war es nicht mit dem Nachdenken selbst gerade so? Wenn eine gute Zeit dafür begann, hätte er vor Vergnügen nur lächeln mögen. Da juckten nicht mehr die Gedanken unter dem Schädel, sondern plötzlich war nur noch ein einziger Gedanke da. Der Unterschied war so groß wie zwischen dem Watscheln eines kleinen Kindes und dem Tanz eines schönen Weibsbilds. Einfach wie behext. Eine Ziehharmonika wird gespielt, ein Licht steht auf dem Tisch, Schmetterlinge kommen aus der Sommernacht geflogen: so fielen jetzt alle Einfälle in das Licht des einen, oder Moosbrugger packte sie, wenn sie heran kamen, mit seinen großen Fingern und zerdrückte sie, und einen Augenblick lang waren sie dazwischen abenteuerlich wie kleine Drachen anzuschaun. Ein Tropfen von Moosbruggers Blut war in die Welt gefallen. Man konnte das nicht sehen, weil es finster war, aber er fühlte, was im Unsichtbaren vor sich ging. Wirres richtete sich dort draußen gleich. Krauses wurde glatt. Ein lautloser Tanz löste das unerträgliche Surren ab, mit dem ihn die Welt sonst oft quälte. Alles, was geschah, war jetzt schön; so wie ein hässliches Mädel schön wird, wenn es nicht mehr allein dasteht, sondern von anderen an der Hand gefasst wird, von einem Reigen mitgedreht wird und das Gesicht eine Treppe hinauf gerichtet hat, von der schon andere herunterblicken. Das war sonderbar, und wenn Moosbrugger die Augen öffnete und sich die Leute ansah, die in einem solchen Augenblick, wo ihm alles tanzend gehorchte, gerade in seiner Nähe waren, so kamen auch sie ihm schön vor. Dann waren sie nicht gegen ihn verschworen, bildeten keine Mauer, und es zeigte sich, dass es nur die Anstrengung war, ihn übertrumpfen zu wollen, was das Gesicht von Menschen und Dingen wie eine Last verzerrte. Und dann tanzte Moosbrugger vor ihnen. Tanzte würdig unsichtbar, er, der im Leben mit niemand tanzte, von einer Musik bewegt, die immer mehr zu Einkehr und Schlaf wurde, zum Schoß der Gottesmutter und schließlich zur Ruhe Gottes selbst, zu einem wunderbar unglaubwürdigen und tödlich gelösten Zustand; tanzte tagelang, ohne dass es jemand sah, bis alles außen, aus ihm heraus war, steif und fein wie ein Spinngewebe, das der Frost unbrauchbar gemacht hat, an den Dingen hing.

Wenn man das nicht mitgemacht hat, wie will man dann über das andere urteilen?! Nach den leichten Tagen und Wochen, wo Moosbrugger fast aus seiner Haut schlüpfen konnte, kamen immer wieder die langen Zeiten der Einkerkerung. Die Staatskerker waren nichts dagegen. Wenn er dann denken wollte, zog sich alles bitter leer in ihm zusammen. Die Arbeiterheime und Volksbildungsvereine, wo man ihm sagen wollte, wie er denken solle, hasste er; der sich noch erinnerte, wie die Gedanken große Stelzschritte in ihm machen konnten! Auf Bleisohlen schleppte er sich dann durch die Welt, in der Hoffnung, einen Ort zu finden, wo es wieder anders werden sollte.

Heute konnte er dieser Hoffnung nur noch herablassend nachlächeln. Es war ihm niemals gelungen, die Mitte zwischen seinen zwei Zuständen zu finden, bei der er vielleicht hätte bleiben können. Er hatte genug davon. Er lächelte großartig dem Tod entgegen.

Viel hatte er übrigens gesehn. Bayern und Österreich bis in die Türkei hinunter. Und viel war geschehn, was er in den Zeitungen gelesen hatte, solang er lebte. Es war eine bewegte Zeit, im Ganzen. Und im geheimen war er eigentlich recht stolz, darin gelebt zu haben. Wenn man es so bedachte, im Einzelnen war es ja eine verworrene und öde Angelegenheit, aber schließlich lief sein Weg mitten durch, und hinterdrein konnte man ihn ganz deutlich sehn, von der Geburt bis zum Tode. Moosbrugger hatte keineswegs das Gefühl, dass man ihn hinrichten werde; er richtete sich selbst, mit Hilfe der anderen Leute hin: so sah er das, was kommen musste. Und alles war doch irgendwie zusammengefasst zu einem Ganzen: die Landstraßen, die Städte, die Gendarmen und die Vögel, die Toten und sein Tod. Er selbst verstand es nicht ganz, und die anderen noch weniger, wenn sie auch mehr darüber reden konnten.

Er spuckte aus und dachte an den Himmel, der wie eine blau überzogene Mausefalle aussieht. »In der Slowakei machen sie solche runden, hohen Mausefallen«, dachte er.

Moosbruggers Auflösung und Aufbewahrung

Moosbrugger saß noch immer im Gefängnis und wartete auf die Wiederholung seiner Untersuchung durch die Irrenärzte. Das ergab eine geschlossene Menge von Tagen. Der einzelne trat wohl hervor, wenn er da war, aber er sank schon gegen Abend wieder in die Menge zurück. Moosbrugger kam wohl mit Sträflingen, Aufsehern, Gängen, Höfen, mit einem kleinen Stück blauen Himmels, mit ein paar Wolken, die dieses Stück durchquerten, mit Speisen, Wasser und hie und da mit einem Vorgesetzten in Berührung, der nach ihm sah, aber diese Eindrücke waren zu schwach, um sich dauernd durchzusetzen. Er hatte weder Uhr noch Sonne, weder Arbeit noch Zeit. Er war immer hungrig. Er war immer müde, von dem Herumirren auf seinen sechs Quadratmetern, das müder macht als das Herumirren über Meilen. Er langweilte sich bei allem, was er tat, als ob er einen Topf mit Papp umrühren müsste. Wenn er aber das Ganze überdachte, dann kam es ihm so vor, als ob Tag und Nacht, Essen und wieder Essen, Visite und Kontrolle unaufhörlich und rasch hinter einander drein schnurren würden, und er unterhielt sich damit. Seine Lebensuhr war in Unordnung geraten; man konnte sie vor- und zurückdrehen. Er mochte das gern; es passte zu ihm. Weit Zurückliegendes und Frisches wurde nicht länger künstlich auseinandergehalten, sondern wenn es das gleiche war, dann hörte das, was man »zu verschiedener Zeit« nennt, auf, daran zu haften wie ein roter Faden, den man aus Verlegenheit einem Zwilling um den Hals binden muss. Das Unwesentliche verschwand aus seinem

54

Leben. Wenn er über dieses Leben nachdachte, so sprach er innerlich langsam mit sich selbst und legte dabei auf die Nebensilben das gleiche Gewicht wie auf die Hauptsilben; das war ein ganz anderer Gesang des Lebens als der, den man alle Tage hört. Er blieb oft bei einem Wort eine lange Weile stehn, und wenn er es schließlich verließ, ohne recht zu wissen wie, kam ihm das Wort nach einiger Zeit mit einem Mal wieder anderswo entgegen. Er lachte vor Vergnügen, weil niemand wusste, was ihm begegnete. Es ist schwer, einen Ausdruck für diese Einheit seines Wesens zu finden, die er in manchen Stunden erlangte. Man kann sich wohl leicht vorstellen, dass das Leben eines Menschen wie ein Bach dahinfließt; aber die Bewegung, die Moosbrugger in dem seinen wahrnahm, floss wie ein Bach durch ein großes stehendes Wasser. Vorwärts treibend, verflocht sie sich auch rückwärts, und der eigentliche Lauf des Lebens verschwand fast darin. Er selbst hatte einmal in einem halbwachen Traum davon die Empfindung, dass er den Moosbrugger des Lebens wie einen schlechten Rock am Leib getragen hätte, aus dem jetzt, wenn er ihn zuweilen etwas öffnete, in wäldergroßen Seidenwellen das wunderlichste Futter quoll.

Er wollte nicht mehr wissen, was draußen vor sich ging. Irgendwo war Krieg. Irgendwo war eine große Hochzeit. Der König von Beludschistan kommt jetzt an – dachte er. Überall exerzierten die Soldaten, wandelten die Huren, standen die Zimmerleute in den Dachstühlen. In den Wirtshäusern von Stuttgart quoll das Bier aus den gleichen krummen gelben Hähnen wie in Belgrad. Wenn man wandert, frägt einen überall der Gendarm nach den Papieren. Überall drücken sie einem einen Stempel hinein. Überall gibt es entweder Wanzen oder keine. Arbeit oder nicht. Die Weiber sind alle gleich. Die Ärzte in den Spitälern sind alle gleich. Wenn man abends von der Arbeit kommt, sind die Menschen auf den Straßen und tun nichts. Immer und überall ist es das gleiche; es fällt den Leuten nichts ein. Als der erste Aeroplan durch den blauen Himmel über Moosbruggers Kopf flog, das war schön gewesen; aber dann kam ein solches Flugzeug nach dem andern, und eines sah wie das andere aus. Das war ein anderes Einerlei als das der Wunder seiner Gedanken. Er begriff nicht, wie es zuwege kam, und es war ihm überall im Weg gewesen! Er schüttelte den Kopf. »Hol der Teufel«, dachte er, »diese Welt!« Oder mochte der Henker ihn holen, er verlor nicht viel dabei …

Trotzdem ging er zuweilen wie in Gedanken zur Tür und versuchte leise an der Stelle herum, wo außen das Schloss saß. Dann sah vom Gang durch die Guckscheibe ein Auge herein, und eine böse Stimme folgte, die ihn schalt. Vor solchen Beleidigungen wich Moosbrugger rasch in die Zelle zurück, und es geschah dann, dass er sich eingesperrt und beraubt fühlte. Vier Wände und eine eiserne Tür sind nichts Besonderes, wenn man aus und ein geht. An einem Gitter vor einem fremden Fenster ist auch nicht viel daran, und dass eine Pritsche oder ein Holztisch ihren festen Standplatz haben, ist nur in Ordnung. In dem Augenblick aber, wo man damit nicht mehr umgehen kann, wie man will, entsteht eben etwas, das ganz unsinnig ist. Diese Dinge, vom Menschen gemacht, Diener, Sklaven, von denen man nicht einmal weiß, wie sie aussehen, werden frech. Siege bieten Halt. Wenn Moosbrugger bemerkte, wie die Dinge mit ihm herumbefahlen, hatte er nicht übel Lust, sie auseinanderzureißen, und musste sich mühevoll überzeugen, dass ein Kampf mit diesen Dienern der Justiz seiner nicht würdig sei. Aber das Zucken in seinen Händen war so stark, dass er sich fürchtete, krank zu werden.

Man hatte sechs Quadratmeter der weiten Welt aus-
gewählt, und Moosbrugger ging darauf hin und her. Das
Denken der gesunden, nicht eingesperrten Menschen glich
übrigens sehr dem seinen. Obgleich sie vor kurzem noch
lebhaft von ihm beschäftigt worden waren, hatten sie ihn
rasch vergessen. Er war auf seinen Platz gebracht worden
wie ein Nagel, der in die Wand geschlagen wird; wenn er
einmal darin steckt, nimmt ihn niemand mehr wahr. Andere Moosbruggers kamen an die Reihe; sie waren nicht er, sie
waren nicht einmal die gleichen, aber sie leisteten den gleichen Dienst. Es war ein Sexualverbrechen gewesen, eine
dunkle Geschichte, ein grauenhafter Mord, die Tat eines
Wahnsinnigen, die Tat eines nur halb Unzurechnungsfähi-
gen, eine Begegnung, vor der sich eigentlich jeder Mensch
in acht nehmen müsste, ein befriedigendes Zugreifen des
Kriminaldienstes und der Justiz …: solche allgemeinen, in-
haltsarmen Begriffe und Erinnerungsbereitschaften spann-
en den leergesogenen Vorfall an irgendeiner Stelle ihres
weiten Netzes ein. Man vergaß Moosbruggers Namen,
man vergaß die Einzelheiten. Er war »ein Eichhörnchen,
ein Hase oder ein Fuchs« geworden, die genauere Unter-
scheidung hatte ihren Wert verloren; das Bewusstsein der
Öffentlichkeit bewahrte keinen bestimmten Begriff von
ihm, sondern nur die matten, weiten Felder sich vermen-
gender allgemeiner Begriffe, die so waren wie die graue
Helle in einem Fernglas, das auf eine zu große Entfernung
eingestellt ist. Diese Zusammenhangsschwäche, die Grausamkeit eines Denkens, das mit den ihm genehmen Begriffen schaltet, ohne sich um das Gewicht von Leid und
Leben zu kümmern, das jede Entscheidung schwer macht:
solches hatte die Seele der Allgemeinheit mit der seinen
gemeinsam; aber was in seinem Narrengehirn Traum war,
Märchen, schadhafte oder sonderbare Stelle im Spiegel des

Bewusstseins, die das Bild der Welt nicht zurückwarf, sondern das Licht hindurchließ, das fehlte ihr, oder es war
höchstens da und dort in einem einzelnen Menschen und
seiner unklaren Erregung etwas davon enthalten.

Und was sich genau auf Moosbrugger bezog, auf diesen
und keinen anderen Moosbrugger, den man auf bestimmten
sechs Quadratmetern der Welt einstweilen untergebracht
hatte, seine Ernährung, Überwachung, aktenmäßige Behandlung, Weiterbeförderung zum Zuchthausleben oder
zum Tode, war einer verhältnismäßig kleinen Gruppe von
Menschen übertragen, die sich ganz anders verhielt. Hier
spähten Augen misstrauisch in Ausübung ihres Dienstes,
rügten Stimmen den geringsten Verstoß. Nie traten weniger als zwei Wächter bei ihm ein. Fesseln wurden ihm
angelegt, wenn er über die Gänge geführt wurde. Man han-
delte da unter dem Einfluss einer Angst und Vorsicht, die
sich dem bestimmten Moosbrugger in diesem kleinen Be-
zirk anhängte, aber irgendwie in seltsamem Widerspruch
zu der Behandlung stand, die er im Allgemeinen erfuhr. Er
beschwerte sich oft über diese Vorsicht. Aber dann machte
der Aufseher, der Direktor, der Arzt, der Pfaffe, wer immer
seine Proteste hörte, ein unzugängliches Gesicht und antwortete ihm, seine Behandlung entspräche der Vorschrift.
So war die Vorschrift nun der Ersatz für die verlorene Teil-
nahme der Welt, und Moosbrugger dachte:»Du hast einen
langen Strick um den Hals und kannst nicht sehen, wer
daran zieht.« Er war gleichsam um eine Ecke herum an der
Außenwelt angebunden. Leute, die zum größern Teil gar
nicht an ihn dachten, ja nicht einmal etwas von ihm wussten oder für die er höchstens so viel bedeutete wie eine
gewöhnliche Henne auf einer gewöhnlichen Dorfstraße für
einen Universitätsprofessor der Zoologie, wirkten zusammen, um das Schicksal zu bereiten, das er unkörperlich an

sich zerren fühlte. Ein Bürofräulein schrieb an einem Zusatz zu seinem Akt. Ein Registrator behandelte diesen nach kunstvollen Gedächtnisregeln. Ein Ministerialrat bereitete die neueste Weisung für den Strafvollzug vor. Einige Psychiater führten einen Fachstreit über die Abgrenzung bloß psychopathischer Veranlagung von bestimmten Fällen der Epilepsie und ihrer Vermischung mit anderen Krankheitsbildern. Juristen schrieben über das Verhältnis der Milderungs- zu den Minderungsgründen. Ein Bischof sprach sich gegen die allgemeine Lockerung der Sitten aus, und ein Jagdpächter klagte Bonadeas gerechtem Gatten das Überhandnehmen der Füchse, wodurch in diesem hohen Funktionär die Stimmung zugunsten der Unbeugsamkeit von Rechtsgrundsätzen verstärkt wurde.

Aus solchen unpersönlichen Geschehnissen setzt sich in einer Weise das persönliche Geschehen zusammen, die vorläufig unbeschreiblich ist. Und wenn man Moosbruggers Fall alles individuell Romantischen entkleidete, das nur ihn und die paar Menschen anging, die er ermordet hatte, so blieb von ihm nicht mehr als ungefähr das übrig, was sich in dem Verzeichnis von zitierten Schriften ausdrückte, das Ulrichs Vater einer jüngsten Zuschrift an seinen Sohn beigelegt hatte. Ein solches Verzeichnis sieht folgendermaßen aus: AH. – AMP. – AAC. – AKA. – AP. – ASZ. – BKL. – BGK. – BUD. – CN. – DTJ. – DJZ. – FBgM. – GA. – GS. – JKV. – KBSA. – MMW – NG. – PNW – R. – VSgM. – WMW. – ZGS. – ZMB. – ZP. – ZSS. – Addickes a. a. O. – Aschaffenburg a. a. O. – Beling a. a. O. usw. usw. – oder in Worte übersetzt: Annales d'Hygiène Publique et de Médicine légale, hgb. v. Brouardel, Paris; Annales Médico-Psychologiques, hgb. v. Ritti … usw. usw. in kürzesten Abkürzungen eine Seite lang. Die Wahrheit ist eben kein Kristall, den man in die Tasche stecken kann, sondern eine unendliche Flüssigkeit, in die man hineinfällt. Man denke sich an jede dieser Abkürzungen einige Hundert oder Dutzend Druckseiten geknüpft, an jede Seite einen Mann mit zehn Fingern, der sie schreibt, an jeden Finger zehn Schüler und zehn Gegner, an jeden Schüler und Gegner zehn Finger, und an jeden Finger den zehnten Teil einer persönlichen Idee, so gewinnt man eine kleine Vorstellung von ihr. Ohne sie kann selbst der bekannte Sperling nicht vom Dach fallen. Sonne, Wind, Nahrung haben ihn hingeführt, Krankheit, Hunger, Kälte oder eine Katze ihn getötet; aber alles das hätte nicht ohne biologische, psychologische, meteorologische, physikalische, chemische, soziale usw. Gesetze geschehen können, und es ist eine rechte Beruhigung, wenn man solche Gesetze bloß sucht, statt dass man sie, wie in der Moral und Rechtsgelehrtheit, selbst erzeugt. Was übrigens Moosbrugger persönlich angeht, so hatte er, wie man weiß, großen Respekt vor dem menschlichen Wissen, von dem er einen leider nur so kleinen Teil besaß, aber er würde seine Lage niemals ganz begriffen haben, auch wenn er sie gekannt hätte. Er ahnte sie dunkel. Sein Zustand kam ihm unfest vor. Sein mächtiger Körper hielt nicht ganz zu. Der Himmel schaute zuweilen in den Schädel hinein. So, wie es früher oft auf den Wanderungen gewesen war. Und niemals, wenn sie jetzt auch zuweilen geradezu unangenehm war, verließ ihn eine gewisse wichtige Gehobenheit, die ihm durch die Kerkermauern aus der ganzen Welt zuströmte. So saß er als die wilde, eingesperrte Möglichkeit einer gefürchteten Handlung wie eine unbewohnte Koralleninsel inmitten eines unendlichen Meeres von Abhandlungen, das ihn unsichtbar umgab.

Clarisse und Rachel

Die Wochen, seit Rachel Diotimas Haus verlassen hatte, verliefen in einer Unwahrscheinlichkeit, die ein anderer Mensch als sie kaum ruhig hingenommen hätte. Aber Rachel war als Sündige aus dem Elternhaus gewiesen worden und war schnurstracks am Ende dieses Falls in einem Paradies, bei Diotima gelandet; nun hatte sie Diotima hinausgestürzt, aber ein so bezaubernd vornehmer Mann wie Ulrich war schon dagestanden und hatte sie aufgefangen: konnte sie nicht glauben, dass das Leben so ist, wie es in den Romanen beschrieben wurde, die sie mit Vorliebe gelesen hatte? Wer zum Helden bestimmt ist, den wirft das Schicksal immer wieder halsbrecherisch in die Luft, aber es fängt ihn auch immer wieder mit starken Armen auf. Rachel setzte blindes Vertrauen in dieses Schicksal und hatte eigentlich während der ganzen Zeit nichts anderes getan, als darauf zu warten, dass es ihr bei der nächsten Begebenheit vielleicht seine Absichten entschleiere. Sie war nicht schwanger geworden; das Erlebnis mit Soliman schien also nur eine Zwischenhandlung gewesen zu sein. Sie aß in einer kleinen Speisewirtschaft, gemeinsam mit Kutschern, postenlosen Dienstmädchen, Arbeitern, die in der Nähe zu tun hatten, und jenen wechselnden unbestimmbaren Menschen, die durch eine Großstadt fluten. Der Platz, den sie sich gewählt hatte, an einem bestimmten Tisch, wurde täglich für sie bereit gehalten; sie war besser gekleidet als die anderen Frauen, die in dieser Kneipe verkehrten; die Art, wie sie Messer und Gabel führte, war anders, als man es hier sah; Rachel genoss an diesem Ort ein heimliches Ansehen, das sie sehr wohl bemerkte, wenn es ihr auch viele nicht zeigen wollten, und sie nahm an, dass man sie für eine Gräfin halte oder für die Geliebte eines Fürsten, die aus irgendwelchen Gründen vorübergehend gezwungen sei, ihren Stand zu verhüllen. Es kam vor, dass Männer mit zweifelhaften Brillanten am Finger und eingefetteten Haaren, wenn sie einmal unter den ehrbaren Gästen auftauchten, es so einzurichten wussten, dass sie an Rachels Tisch zu sitzen kamen, und dann richteten sie verführerisch gezwirbelte Artigkeiten an sie; aber Rachel wusste das mit Würde und ohne Unfreundlichkeit abzulehnen, denn obgleich es ihr so gut gefiel wie das Schwirren und Kriechen der Käfer an einem üppigen Sommertag, und der Raupen und Schlangen, ahnte ihr doch, dass sie sich nach dieser Seite nicht einlassen dürfe, ohne in ihrer Freiheit Gefahr zu laufen. Sie unterhielt sich überhaupt am liebsten mit älteren Leuten, die vom Leben schon etwas wussten, und von seinen Gefahren, Enttäuschungen und Vorgängen berichteten. Auf diese Weise bekam sie eine Kenntnis, die in Krümel aufgelöst bei ihr ankam, wie die Nahrung zu einem Fisch hinabsinkt, der sich am Boden seines Glases ruhig aufhält. In der Welt gingen abenteuerliche Dinge vor sich. Man sollte jetzt schon schneller fliegen als die Vögel. Häuser ganz ohne Ziegel baun. Die Anarchisten wollten die Kaiser ermorden. Eine große Revolution stand nahe bevor, und dann würden die Kutscher in den Wagen sitzen, die reichen Leute aber anstelle der Pferde eingespannt werden. In einem in der Nähe gelegenen Häuserblock hatte eine Frau nachts ihren Mann mit Petroleum übergossen und dann angezündet; es war nicht zu denken! In Amerika setzte man Leuten, die das Augenlicht verloren hatten, schon Glasaugen ein, mit denen sie wirklich sehen konnten, aber es kostete noch sehr viel Geld und war nur etwas für Milliardäre. Solche fesselnde Nachrichten hörte Rachel, freilich nicht alle auf einmal, schon wenn sie bloß beim Speisen saß. Trat sie danach auf die Straße, so war von derartigen Ungeheuerlichkeiten wohl nichts zu bemerken, alles floss in Ordnung hin oder stand genauso da wie am Tag vorher, aber kochte nicht die Luft in diesen Sommertagen, gab der Asphalt nicht heimlich unter dem Fuß nach, ohne dass Rachel sich klar machen musste, dass ihn die Sonne erreicht habe? Die Heiligen reckten die Arme auf den Kirchendächern und hoben die Augen empor, dass man annehmen musste, es gebe überall etwas Besonderes zu sehn. Die Schutzleute trockneten sich den Schweiß vor Anstrengung, inmitten der Bewegung, die um sie tobte. Fuhrwerke hielten im schärfsten Lauf jäh an, weil eine alte Frau über die Straße ging und beinahe überfahren worden wäre, weil sie auf nichts achtete. Wenn Rachel zu Hause in ihrem kleinen Zimmer ankam, fühlte sie ihre Neugierde von dieser leichten Nahrung gesättigt, sie nahm ihre Wäsche vor, um sie auszubessern, oder änderte ein Kleid oder las einen Roman – denn sie hatte mit Staunen vor der Weltleitung die Einrichtung der Volksbücherei kennengelernt –, ihre Wirtin trat ein und plauderte ehrerbietig mit ihr, denn Rachel hatte Geld, ohne zu arbeiten und ohne dass man irgendetwas von schlechtem Lebenswandel merkte, und so ein Tag war um, ehe sich Zeit fand, das geringste zu vermissen, und goss seinen Inhalt, voll bis zum Rand von Spannendem, in die Träume der Nacht aus.

Freilich hatte Ulrich vergessen, Rachel rechtzeitig Geld zu schicken oder sie zu sich zu bestellen, und sie hatte schon anfangen müssen, die kleinen Ersparnisse aus ihrem Dienst zu verbrauchen. Aber sie machte sich keine Sorge, denn Ulrich hatte ja versprochen, sie einstweilen zu schützen, und zu ihm hinzugehen, um ihn zu erinnern, kam ihr ganz und gar unpassend vor. In allen Märchen, die sie kannte, gab es etwas, das man nicht sagen oder nicht tun durfte; und gerade das wäre es gewesen, wenn sie zu Ulrich gegangen wäre und ihm gesagt hätte, dass sie kein Geld mehr habe. Damit soll keineswegs behauptet sein, dass sie das ausdrücklich dachte, dass ihre Lebensführung ihr märchenhaft vorkam oder dass sie überhaupt an Märchen glaubte. Im Gegenteil, so war die Wirklichkeit beschaffen, die sie nie anders kennengelernt hatte, wenn es auch noch niemals derart schön gewesen war wie jetzt. Nun gibt es Menschen, denen das erlaubt ist, und solche, denen es verboten ist; die einen sinken von Stufe zu Stufe und enden im äußersten Elend, die anderen werden reich und glücklich und hinterlassen viele Kinder. Zu welcher von beiden Gruppen Rachel gehörte, war ihr niemals gesagt worden, denn bei den Menschen, die ihr den Unterschied hätten erklären können, hatte sie nie gezeigt, dass sie träume, sondern hatte fleißig gearbeitet, bis auf die zwei unbeabsichtigten Fehltritte, die so große Folgen gehabt hatten. Und eines Tags meldete ihr wirklich ihre Wirtin, dass, während sie zum Essen gegangen war, eine feine Dame nach ihr gefragt habe und angekündigt habe, dass sie nach einer Stunde wiederkehre. Rachel gab angstvoll die Beschreibung Diotimas; aber die Dame, die sie gesucht habe, sei ganz entschieden nicht groß gewesen, behauptete die Wirtin, und auch nicht stark, auch dann nicht, wenn man unter stark nicht dick meine. Die Dame, die Rachel suchte, war ganz entschieden eher klein und mager zu nennen.

Und wirklich, die Dame war schlank, klein und kehrte schon nach einer halben Stunde wieder. Sie sagte »Liebes Fräulein« zu Rachel, nannte Ulrichs Namen und zog einen größeren, eng zusammengefalteten Betrag Geldes aus ihrem Täschchen, den sie Rachel im Auftrage ihres Freundes übergab. Dann begann sie ihr eine schwierige und aufregende Geschichte zu erzählen, und Rachel war noch nie in ihrem Leben von einer Unterhaltung so gefesselt worden. Es gebe einen Mann, erzählte die Dame, der von seinen Feinden verfolgt werde, weil er sich edelmütig für sie geopfert habe. Eigentlich nicht edelmütig; denn er musste es tun, es war sein inneres Gesetz, jeder Mensch hat ein Tier, dem er innen ähnlich sieht. »Sie, zum Beispiel, Fräulein«, sagte die Dame, »haben entweder eine Gazelle oder eine Schlangenkönigin, das lässt sich nicht immer auf den ersten Blick sagen.«

Wenn das nun etwa die Köchin in der Küche bei Diotima behauptet hätte, so würde es auf Rachel keinen oder einen ungünstigen Eindruck gemacht haben; aber es wurde von einer Frau gesagt, die in jedem Wort die Sicherheit einer gnädigen Frau ausströmte, diese Gabe des Herrschens, die jeden Zweifel als eine Achtungsverletzung erscheinen ließe; also war für Rachel das Ereignis gegeben, dass eine Gazelle oder eine Schlangenkönigin zu ihr in Beziehungen stand, die vorläufig noch zu hoch für sie waren, aber wohl in irgend einer Weise erklärt werden konnten, denn ähnliches hört man ja manches Mal. Rachel fühlte sich von dieser Neuigkeit geladen wie eine Bonbonniere, die man im Augenblick noch nicht öffnen kann.

Der Mann, der sich geopfert habe, fuhr die Dame fort, trage einen Bären in sich, das heiße, die Seele eines Mörders, und bedeute, dass er den Mord auf sich genommen habe, allen Mord, den an den ungeborenen und verhinderten Kindern, den feigen Mord, den die Menschen an ihren Talenten begehen, und den Mord auf der Straße durch die Fuhrwerke, Radfahrer und Bahnen. Clarisse fragte Rachel – denn natürlich war es Clarisse, die da sprach, – ob sie den Namen Moosbrugger schon gehört habe. Nun, Rachel hatte, obgleich sie ihn später wieder vergaß, Moosbrugger geliebt und gefürchtet wie einen Räuberhauptmann, damals, als er alle Zeitungen in Schrecken setzte, und bei Diotima öfters von ihm gesprochen wurde; also fragte sie gleich, ob es sich um ihn handle.

Clarisse nickte. »Er ist unschuldig!«

Zum ersten Mal hörte das Rachel nun von einer Autorität, was sie sich selbst früher oft gedacht hatte.

»Wir haben ihn befreit«, fuhr Clarisse fort, »wir, die Verantwortlichen, die mehr erkennen als die Übrigen. Aber wir müssen ihn nun verbergen.« Clarisse lächelte und so eigentümlich und doch beseligend freundschaftlich, dass das Herz Rachel in die Höschen fallen wollte, aber unterwegs stecken blieb, ungefähr in der Gegend des Magens. »Wo verbergen?« stammelte sie blass.

»Die Polizei wird ihn suchen«, erklärte Clarisse, »er muss also irgendwohin, wo ihn kein Mensch vermuten kann. Das Beste wäre, Sie würden ihn als Ihren Mann ausgeben. Er müsste ein Stockbein tragen, das lässt sich leicht vortäuschen, oder irgendetwas, und Sie würden einen kleinen Laden, mit anschließendem Wohnraum aufnehmen, damit es so aussieht, wie wenn Sie damit Ihren invaliden Ehemann ernährten, der das Haus nicht verlassen kann. Das Ganze dauert nur ein paar Wochen, und ich könnte Ihnen mehr Geld dafür geben, als Sie brauchen.«

»Aber warum nehmen Sie ihn denn nicht zu sich, gnädige Frau!?« wagte Rachel dem entgegen zu halten.

»Mein Mann ist nicht eingeweiht und würde mir das nie erlauben«, antwortete Clarisse und fügte die Lüge hinzu, dass der Vorschlag, den sie gemacht habe, von Ulrich ausgehe.

»Aber ich fürchte mich vor ihm!« rief Rachel aus.

»Das ist schon richtig«, meinte Clarisse. »Aber, liebes Fräulein, alles Große ist furchtbar. Viele große Männer sind im Irrenhaus gewesen. Es ist unheimlich, sich mit jemand auf gleich zu stellen, der ein Mörder ist; aber sich mit dem Unheimlichen gleichzustellen, ist der Beschluss zur Größe!«

»Aber will denn er überhaupt?« fragte Rachel. »Kennt er mich? Will er mir nichts tun?«

»Er weiß doch, dass Sie ihn retten wollen. Denken Sie, er hat in seinem Leben nur Ersatzweiber gekannt; Sie verstehen, was ich meine. Er wird glücklich darüber sein, dass eine wirkliche Frau ihn schützt und aufnimmt, und er wird Sie mit keinem Finger berühren, wenn Sie es ihm nicht erlauben. Dafür stehe ich Ihnen gut! Er weiß, dass ich die Kraft habe, ihn zu bezwingen, wenn ich will!«

»Nein, nein!« Rachel stieß nur dies hervor; sie hörte auch von allem, was Clarisse sagte, nur noch die Gestalt der Stimme und Sprache, eine Freundlichkeit und schwesterliche Gleichheit, der sie nicht widerstehen konnte. So hatte noch nie eine Dame zu ihr gesprochen, und doch war gar nichts Gekünsteltes und Falsches daran; Clarisses Gesicht befand sich in einer Ebene mit dem ihren und nicht in der Höhe wie das Diotimas, sie sah die Züge arbeiten, namentlich zwei Längsfalten bildeten sich immer wieder von der Nase ausgehend und am Mund hinablaufend; Clarisse kämpfte sichtlich gemeinsam mit ihr um die Lösung.

»Bedenken Sie, Fräulein«, sagte Clarisse jetzt, »der, welcher erkennt, muss sich opfern. Sie haben gleich erkannt, dass Moosbrugger nur zum Schein ein Mörder ist. Also müssen Sie sich opfern. Sie müssen das Mörderische aus ihm herausziehen, und dann kommt das, was Ihrem eigenen Wesen entspricht, dahinter zum Vorschein. Denn Gleiches wird nur von Gleichem angezogen: das ist das unerbittliche Gesetz des Großen!«

»Aber wann sollte das denn sein?«

»Morgen. Ich komme gegen Abend zu Ihnen und hole Sie ab. Bis dahin ist alles geordnet.«

»Wenn noch ein Dritter bei uns wohnen könnte, würde ich es tun«, sagte Rachel.

»Ich werde Sie täglich besuchen«, sagte Clarisse, »und achtgeben; es ist ja das Wohnen nur Schein. Sie dürfen doch auch gegen Ulrich nicht undankbar sein, wenn er einen Dienst von Ihnen braucht.«

Das gab den Ausschlag. Clarisse hatte vertraulich den Taufnamen gebraucht. Rachel kam sich in diesem Augenblick mit ihrer Feigheit ihres Wohltäters unwürdig vor. Die Darstellung, die uns unser Inneres von dem gibt, was wir tun sollen, ist außerordentlich trügerisch und launisch. Rachel kam mit einem Mal das Ganze wie ein Scherz vor, ein Spiel, eine Nichtigkeit. Sie würde einen Laden und ein Zimmer haben; wenn sie wollte, konnte sie die Türe dazwischen absperren. Ebenso würde es zwei Ausgänge geben, wie bei den Zimmern auf dem Theater. Der ganze Vorschlag war nur eine Formalität, und es war wirklich übertrieben von ihr, Schwierigkeiten zu machen, wenngleich sie sich grauenhaft vor Moosbrugger fürchtete. Diese Feigheit musste sie überwinden. Und wie hatte die Dame gesagt? Dann kommt das in Ihnen hervor, was Ihrem Wesen entspricht. Wenn er wirklich nicht so furchtbar war, so hatte sie dann doch das, was sie sich früher leidenschaftlich gewünscht hatte.

Rachel und Moosbrugger

Mit dem Laden und dem anstoßenden Zimmer und den zwei Ausgängen war es nichts geworden; Clarisse war erschienen und hatte erklärt, dass sich der Miete im letzten Augenblick Schwierigkeiten entgegengestellt hätten; man müsse nehmen, was da sei, die Zeit dränge, und das Schicksal hänge vielleicht von Viertelstunden ab. Sie habe einen anderen Raum gefunden. Ob Rachel ihre Sachen schon eingepackt und beisammen habe? Das Auto warte unten. Es sei leider kein schöner Raum. Und vor allem sei er noch nicht möbliert. Clarisse habe aber schnell das Nötigste hineinstellen lassen. Jetzt handle es sich nur darum, rasch Moosbrugger unterzubringen. Alles andere lasse sich morgen ordnen. Und das Heutige sei nur vorläufig. Den größeren Teil dieses Berichts stattete Clarisse schon im Auto ab. Die Worte wirbelten. Rachel fand keine Zeit, sich zu besinnen. Der Fahrpreisanzeiger, von einem kleinen Lämpchen halb beleuchtet, rückte ohne Aufhören vor; Rachel hörte bei jeder Umdrehung der Räder das Knacksen des Kilometerzählers, so wie wenn ein Gefäß einen Sprung hat und unaufhörlich tropft; Clarisse drückte ihr im Dunkel der alten Droschke einen Haufen Geld in die Hände, und Rachel hatte zu tun, um ihn in ihre Taschen zu stopfen; das Papier quoll dabei auf, einzelne Blätter segelten davon und mussten wieder eingefangen werden; Clarisse half ihr lachend suchen, und der Rest des Wegs war ganz davon ausgefüllt.

Der Wagen hielt in einer abseitigen Gasse vor der baufälligen Front eines alten »Hofs«; das sind tiefe Grundstücke, wo von einem schmalen Gassenteil niedere Flügel nach hinten laufen, mit Werkstätten, Ställen, Hühnern,

Kindern, und den kleinen Wohnungen großer Familien, die sich unmittelbar auf den Hof öffnen oder einen Stock höher, auf einen ins Freie hinaushängenden, von außen alles verbindenden Gang. Clarisse half Rachel schleppen und schien den Hausmeister vermeiden zu wollen; sie stießen an Wagen, die im Dunkel standen, an Werkzeuge, die überall herumlagen, und an den Brunnen, aber sie kamen unbehelligt bis zu Rachels neuer Wohnung. Clarisse hatte eine Kerze in der Tasche und fand mit ihrer Hilfe eine große Petroleumlampe, an die sie sich erinnert hatte, um sie vom Dachboden ihrer Eltern zu entführen. Es war ein hohes, in Metall getriebenes Stück, das alle letzten Fortschritte, welche die Petroleumzeit gemacht hatte, kurz ehe sie von der elektrischen Hausbeleuchtung endgültig verdrängt wurde, in sich fasste und das ganze Zimmer, weil der Schirm fehlte, mit massigem Licht füllte. Clarisse war sehr stolz darauf, aber sie musste eilen, da sie den Wagen an der nächsten Ecke warten ließ, um Moosbrugger zu holen. Rachel traten die Tränen in die Augen, sowie sie allein war und sich mit ihrer neuen Umgebung vertraut machte. Der dicke weiße Lichtschein war fast das einzige, was es in dem Zimmer gab, außer den schmutzigen Wänden. Aber der Schreck hatte Rachel ungerecht gemacht; bei genauerem Hinsehen fand sich an einer Wand ein schmales Eisenbett, auf dem so etwas wie Bettzeug lag, in einer Ecke war ohne Ordnung eine Anzahl Decken aufgehäuft, die wohl das zweite Lager darstellen sollten, Decken hingen auch vor den Fenstern und der Türe, die ins Freie führte, und bildeten vor einem kleinen, sehr einfachen Tisch eine Art Teppich, auf dem auch noch ein gehobelter Stuhl stand. Rachel setzte sich seufzend darauf und zog ihr Geld hervor, um es in Ordnung zu bringen. Nun erschrak sie wieder, diesmal aber über die Größe, ja den Überfluss des Betrags, den ihr Clarisse im Dunkel des Wagens ohne alle Vorsicht zugesteckt hatte. Sie glättete die Scheine und barg sie in einem Täschchen, das sie am Busen trug. Wenn sie gewusst hätte, dass sie vor dem Tische saß, an dem Lindner sein großes Werk geschaffen hatte, und dass auch das schmale Eisenbett seines gewesen war, würde sie vielleicht einiges mehr verstanden haben. So seufzte sie bloß noch einmal, aber doch schon beruhigter über die Zukunft und entdeckte auch noch einen alten Herd, einen Spirituskocher und etwas Geschirr, ehe Clarisse mit Moosbrugger zurückkam.

Dieser Augenblick war wie der schreckliche Augenblick beim Zahnarzt, wenn man ins Zimmer gerufen wird, was Rachel bisher nur ein einziges Mal kennengelernt hatte, und sie stand gehorsam auf, als die beiden eintraten.

Moosbrugger ließ sich von Clarisse ins Zimmer führen, wie ein großer Künstler in einen Kreis von Menschen eingeführt wird, die auf ihn warten. Er wollte Rachel nicht bemerken und musterte zuerst den neuen Raum, dann erst, nachdem er nichts auszusetzen hatte, richtete er seinen Blick auf das Mädchen und nickte einen Gruß. Clarisse schien ihm nichts mehr zu sagen zu haben; sie schob ihn, ihre winzige Hand an seinem riesigen Arm, gegen den Tisch zu und lächelte bloß. Sie lächelte so, wie es jemand tut, der alle Muskeln bei einem gewagten Unternehmen anspannen muss und dazu lächeln will, sodass sich die zarten Gesichtsmuskeln scharf zusammenziehen müssen, um sich zwischen der Pressung aller anderen durchzuzwängen. Diesen Ausdruck behielt sie auch bei, als sie einen Pack Esswaren auf den Tisch stellte und den beiden anderen erklärte, dass sie keine Minute mehr bleiben könne und eilig nach Hause müsse. Sie versprach, am nächsten Morgen gegen zehn Uhr wiederzukehren, und dann sollte alles in Ordnung gebracht werden, was im Augenblick noch fehle.

So war nun Rachel mit dem bewunderten Mann allein. Sie deckte den Tisch mit einem Kissenüberzug, da sich kein Tischtuch vorfand, und breitete den Aufschnitt, den Clarisse mitgebracht hatte, auf einem großen Teller aus. Diese Pflichten kamen ihrer Verlegenheit sehr zu Hilfe. Dann sagte sie, das Essen auf den Tisch stellend, in gewähltem Deutsch »Sie werden Hunger haben«; diesen Satz hatte sie sich inzwischen ausgedacht. Moosbrugger war aufgestanden und bot ihr mit einer galanten Bewegung seiner großen Pratze seinen Platz an, denn es zeigte sich, dass nur dieser eine Stuhl vorhanden war. »Oh, danke«, sagte Rachel, »ich esse nicht viel, ich werde mich dorthin setzen.« Sie nahm zwei Scheibchen von dem Teller, den ihr Moosbrugger reichte, und setzte sich damit aufs Bett.

Moosbrugger hatte ein grauenerregend langes Schnappmesser aus der Tasche gezogen und bediente sich damit beim Essen. Er hatte in den Tagen seiner Flucht unregelmäßig und schlecht gegessen und entwickelte großen Hunger. Rachel benützte die Gelegenheit, um ihn zu betrachten; richtiger gesagt, sie musste das tun, denn sobald sie nur in die Richtung des Tisches sah, wurde ihr ganzes Auge von der Erscheinung dieses Mannes ausgefüllt, ja mehr, seine Erscheinung überfüllte ihr Auge, ging auf allen Seiten über den Rand hinaus, und Rachel konnte ihren Blick richtig spazieren führen; über die ganze Breite der Brust oder von der Tischkante zu dem dichten Schnauzbart, auch vom Kinn bis zum Dach des mächtigen Schädels war das zum Beispiel ein weiter Weg, und in den rotblonden Haaren der gewaltigen Fäuste konnte man verweilen wie in einem Gebüsch. In Rachel waren einstweilen alle Gedanken und ein Teil der Träumereien wieder zurückgekommen, deren Gegenstand einstens Moosbrugger gewesen war. Vor allem suchte sie sich zu vergegenwärtigen, wie viele Frauen sie jetzt um die Lage beneiden möchten, in der sie sich befand. Für sie war Moosbrugger ein großer und berühmter Mann, ganz der Wahrheit entsprechend, wenn man die Unterschiede des öffentlichen Ruhmes beiseite lässt, die zwar gemacht werden, aber keineswegs genau und deutlich sind. Sie übersah nicht das Fürchterliche an diesem Ruhm, der durch blutige, grausame, ja sogar heimtückische Taten erworben war, denn sie zitterte vor Angst, obgleich sie auch vor Aufregung glühte. Aber wie alle Menschen bewunderte sie an dieser Grausamkeit die Kraft, und wie alle ursprünglichen Menschen setzte sie voraus, dass diese herkulische Kraft in Berührung mit ihr nicht gefährlich sein, sondern sich zum Guten umlenken werde, so dass ihre Furcht ihr nur als kleinmütige äußere Gewohnheit vorkam, während ihre Seele immer tapferer wurde, je länger sie mit Moosbrugger beisammen war. Und in der Tat, wer in der richtigen Beziehung zu Verbrechern lebt, lebt zwischen ihnen so sicher wie zwischen anderen Menschen.

Moosbrugger hatte es nicht richtig gefunden, sich bei einem so wichtigen Geschäft, wie es das Essen ist, durch die Blicke des Mädchens stören zu lassen. Nun aber lehnte er sich nach getaner Arbeit zurück, klappte sein Messer zu, strich die Reste von seinem Schnurrbart und sagte: »Na, kleines Fräulein, jetzt wäre wohl ein Glas Schnaps nicht ohne –«

Rachel beeilte sich, ihm zu versichern, dass keine alkoholischen Getränke im Hause seien, und sie fügte die Lüge hinzu, dass Clarisse ihr auch aufgetragen habe, keine anzuschaffen.

Moosbrugger hatte es gar nicht so ernst gemeint. Er war kein Trinker, ja, er hütete sich selbst vor dem Alkohol, dessen unberechenbare Wirkung er fürchtete. Aber er hatte monatelang keinen Tropfen gesehn und hatte sich nach der reichlichen Mahlzeit gedacht, es wäre nicht übel, an diesem langweiligen Abend einen zu versuchen. Er ärgerte sich über die Abweisung. Diese Weiber setzten ihn ja ordentlich gefangen. Aber er ließ es sich nicht merken und nahm sich vor, die Unterhaltung in bester Form fortzusetzen.

»Da wären wir also nun sozusagen wie Mann und Frau bis auf weiteres, kleines Fräulein«, begann er, »wie soll ich dich denn nennen?« Er gebrauchte das natürliche Du der einfachen Leute; es war Rachel nicht unangenehm, aber ebenso natürlich blieb sie beim Sie. »Ich heiße Rachel oder Rèle, wie Sie wollen.«

»Oh, lala, Rèle, alle Achtung!« Er sprach den französischen Namen zweimal mit Genuss aus. »Und Rahel war die schönste Tochter Labans.«

Er lachte galant.

»Erzählen Sie mir, wie Sie die Maurer besiegt haben!« bat Rachel. Um etwas noch Aufregenderes traute sie sich nicht zu bitten.

Moosbrugger wandte sich ab und drehte eine Zigarette. Er war beleidigt. In seinen Kreisen galt so eine Frage für eine unerlaubte Vertraulichkeit bei flüchtiger Bekanntschaft. Er rauchte mehrere Zigaretten hintereinander. Er langweilte sich. Unbedeutende, zudringliche Frauenzimmer waren nichts für ihn. Er wurde schläfrig. Er war es jetzt aus dem Gefängnis und der Anstalt gewohnt, sehr früh zur Ruhe zu gehn.

Rachel ärgerte sich darüber, dass er so rücksichtslos rauchte. Sie hatte wohl auch das Gefühl, etwas schlecht gemacht zu haben, aber sie wusste nicht, was.

Moosbrugger stand auf, vertrat sich die Beine und gähnte.

»Wollen Sie zur Ruhe gehn?« fragte Rachel.

»Was soll man sonst anfangen!« meinte Moosbrugger. Er besah das Bett; dann, in Erinnerung an die Gebote der Ritterlichkeit, wandte er sich in die Ecke, wo die Decken lagen.

»Schlafen Sie doch im Bett, Sie brauchen Erholung«, sagte Rachel.

»Nein, im Bett kannst du schlafen.« Er legte träge seinen Rock ab.

Rachel geriet in Verlegenheit, als Moosbrugger aus den Hosen fuhr. Aber so, wie er dann war, legte er sich auf die Decken und zog eine davon über sich. Rachel wartete eine Weile, dann blies sie das Licht aus und entkleidete sich im Dunkel.

In der Nacht fürchtete sie sich wieder; sie bildete sich ein, wenn sie einschlafe, könnte es so kommen, dass sie überhaupt nicht mehr erwache. Aber dann schlief sie doch bald ein und erwachte, wie der Morgen ins Zimmer schien. In der Ecke lag Moosbrugger, zugedeckt, wie ein großer Berg. Im Haus war noch alles still. Rachel benützte das, um vom Brunnen Wasser zu holen. Sie reinigte auch ihre und Moosbruggers Schuhe draußen im Hof. Als sie leise wieder zur Tür hereinschlüpfte, sagte ihr Moosbrugger guten Morgen.

»Wollen Sie Kaffee, Tee oder Schokolade?« fragte sie ihn. Moosbrugger war ganz erstaunt darüber. Er sagte »Kaffee«, aber die Entscheidung fiel ihm wirklich nicht leicht. Auch gefiel ihm Rachel jetzt bei Tag besser als gestern Abend; sie hatte etwas Feines und Gebildetes in ihrer Erscheinung. Er gab sich Mühe beim Ankleiden und drehte sich erst wieder von der Wand fort, als er ganz fertig war.

»Waren Sie mir gestern Abend böse?« fragte Rachel, die seine Aufgeräumtheit bemerkte.

»Ach, Weiber wollen immer alles wissen, aber wenn du willst, kann ich dir ja die Geschichte von den Maurern erzählen. Du wirst daraus sehen, wie die Leute sind; alle sind sie gleich. Und was hast du bis jetzt gemacht?«

»Ich war in einem sehr vornehmen Haus, man hat mich dort wie eine Tochter gehalten.«

»Na, und warum bist du dann hinausgeflogen?«

»Oh?« sagte Rachel und war keineswegs entschlossen, die Wahrheit zu sagen. »Wissen Sie, der Herr in diesem Haus ist ein sehr hoher Diplomat, und da war eine Geschichte mit einem Mohrenprinzen …«

»Du bist wohl schwanger?« fragte Moosbrugger misstrauisch.

»Pfui!« rief Rachel empört. »Sie erlauben sich zu viel, wenn Sie so zu mir sprechen! Hätte die – Dame Sie mir anvertraut?!«

Sie gefiel Moosbrugger ganz entschieden. Sie war etwas Besseres, das konnte man ja hören und sehn. Wenn er die Weiber überlegte, die er kannte: etwas so Feines hatte er noch nie gehabt. »Na, schon gut«, meinte er. »Ich habe dich nicht beleidigen wollen. Und die Geschichte mit den Maurern, die war so: …«

Er erzählte sie ihr umständlich und würdevoll, samt allen Ränken und Bestechungen, denen ein Mann wie er bei Gericht begegnet, und weil sie eine Bekanntschaft mit einem Mohrenfürsten erwähnt hatte, so wollte er nicht zurückstehn und erzählte auch noch seinen Marsch nach Konstantinopel.

»Da haben die Türken mehrere Frauen?« fragte Rachel.

»Nur die reichen. Aber darum taugen die Türken auch nichts«, gab Moosbrugger mit galantem Lächeln zur Antwort. »Schon von einer Frau wird ja der Mann ruiniert!«

»Haben Sie schlechte Erfahrungen mit Frauen gemacht?« fragte Rachel, während ihr Blut Kreise schlug wie der Schweif einer lauernden Katze.

Moosbrugger sah sie prüfend an und wurde ernst. »Ich habe in meinem ganzen Leben nur schlechte Erfahrungen gemacht. Wenn ich mein Leben schreiben wollte, würden manchem die Augen aufgehn!«

»Das sollten Sie tun!« schlug Rachel begeistert vor.

»Mir ist das Schreiben viel zu unbequem!« sagte Moosbrugger stolz und dehnte seine Schultern aus. »Aber du bist ja ein gebildetes Fräulein. Vielleicht erzähl ich dir noch was. Dann kannst du es schreiben.«

»Ich habe noch nie ein Buch geschrieben«, erwiderte Rachel bescheiden; aber zumute war ihr, wie wenn man ihr angeboten hätte, Sektionschef Tuzzis Stelle zu übernehmen. Und dieser Mann vor ihr war kein Schwätzer; der hatte bewiesen, dass er für seine Werte einstehen konnte.

So verging die Zeit in angeregtem Gespräch, und es wurde zehn Uhr, ohne dass Clarisse kam.

Moosbrugger zog seine große dicke Nickeluhr aus der Weste und stellte fest, dass es fünf Minuten nach halb elf sei.

Als sie das nächstemal nachsahen, war es sieben Minuten vor elf.

»Sie wird nicht mehr kommen, ich habe mir das gleich gedacht«, sagte Moosbrugger.

»Aber sie muss doch kommen«, sagte Rachel.

Das Gespräch wurde wortkarg. Sie waren früh erwacht und hatten das Zimmer nicht verlassen, das Eingesperrtsein machte sie müde. Moosbrugger stand auf und dehnte sich. Rachel erklärte sich endlich bereit, etwas zum Essen zu besorgen, ohne länger zu warten. Aber vorher müsste Moosbrugger den grünen Augenschirm aufsetzen und das Holzbein umschnallen, falls in Rachels Abwesenheit ein Fremder in die Wohnung käme; Holzbein und Augenblende waren ein Vermächtnis Clarisses. Es war gar nicht einfach, mit dem an den Schenkel zurückgeklappten und angebundenen Bein, an dessen Knie die Holzstelze saß, durch die Hose zu fahren; Moosbrugger musste den Arm um Rachels Nacken legen und zog sie bei dieser Gelegenheit ein bisschen an sich.

Er humpelte über eine Viertelstunde allein in der Wohnung auf und ab, es war ekelhaft langweilig; dann kochte Rachel, aber sie konnte nicht viel kochen, und das Essen war auch nicht gerade lustig. Moosbrugger bekam diese Zurückgezogenheit allmählig satt, aber er sah ein, dass er sie noch lange nicht aufgeben dürfe. Er wollte ein wenig schlafen, damit die Zeit vergehe, gähnte wie ein Löwe und setzte sich auf das Bett, um das verdammte Bein abzuschnallen, das ihm das Blut in den Kopf trieb. Rachel musste ihm helfen. Und wie er wieder den Arm um ihre Schulter legte, dachte er, dass sie doch eigentlich seine Frau sei für diese Zeit. Sicherlich hatte sie nie etwas anderes von ihm erwartet und sich lustig über ihn gemacht, gestern, als er so ohne weiteres zur Ruhe ging. Als das Holzbein zur Erde fiel, legte er Rachel zurück aufs Bett und zog sie mit dem Arm, den er um ihre Schulter hatte, ein wenig daran hoch, bis ihr Kopf auf ein Kissen zu liegen kam. Rachel wehrte sich nicht. Sein großer Bart senkte sich auf ihren Mund. Aber ihr kleiner Mund kam ihm entgegen. Ging gleichsam in diesen Bart hinein wie in einen Wald und suchte darin den Mund. Als der Mann sich an ihr hinaufschob, kam Rachel beinahe mit dem Gesicht unter seine Brust zu liegen und musste mit dem Kopf seitwärts ausweichen, um atmen zu können; ihr war, wie wenn sie von Erde verschüttet wäre, die vulkanisch zuckte. Die wirklich großen körperlichen Erregungen entstehen durch die Einbildungskraft; Rachel erblickte in Moosbrugger nicht einen Helden, wie die Erde keinen zweiten trug, – denn das Vergleichen und

Überlegen würde dann die Einbildungskraft schon getötet haben, – sondern den Held, und das ist ein Begriff, der weniger bestimmt ist, aber mit dem Ort und dem Augenblick, wo er auftritt, verschmilzt und mit dem Menschen, der ihn bewundert. Wo Helden sind, dort ist auch noch die Welt weich und glühend und der Zusammenhang der Schöpfung nicht zerrissen. Das abenteuerliche Zimmer mit verhängten Fenstern sah mit einem Mal wie die Höhle eines großen Räubers aus, der sich dahin vor der Welt zurückzieht. Rachel fühlte ihre Brust unter einem gewaltigen Druck liegen; das Huschende, das zu ihrem Wesen gehörte, wurde in diesem Augenblick von einer übermächtigen Kraft festgehalten und zum Dulden gezwungen; ihr Oberleib konnte sich dabei so wenig rühren, wie wenn er unter die Eisenräder eines Lastwagens geraten wäre, und diese Lage würde quälend geworden sein, hätte nicht alle Freiwilligkeit und Selbständigkeit, deren ihr Körper fähig war, sich in den Hüften versammelt, wo ein Riese mit Wolken kämpfte, die ihn immer wieder umschlangen und ungeachtet ihrer Ohnmacht in ihrer Weise ebenso stark waren wie er in der seinen. Ein Wunsch, den Rachel noch nie in ihrem Leben empfunden, ja noch nie geahnt hatte, drückte in ihrem Kopf und öffnete von da die ganze Person: sie wollte einen Helden empfangen und gebären. Ihre Lippen blieben staunend geöffnet, ihre Glieder blieben liegen, wo sie lagen, als sich Moosbrugger erhob, und ihre Augen blieben von einem bläulichgelben Hauch, wie ihn Waldschwämme annehmen, wenn man sie bricht, noch lange überzogen. Sie stand erst auf, als es Zeit wurde, Licht zu machen und an das Abendbrot zu denken; bis dahin hatte sie in einer Art Gedankenlosigkeit auf eine Fortsetzung gewartet, die sie sich nicht vorzustellen vermochte und keineswegs bloß als eine Wiederholung dachte.

Für Moosbrugger war die Angelegenheit übrigens bis auf weiteres erledigt.

Menschen, die bei Gelegenheit Sexualverbrechen begehn, sind, wie man weiß, in gewöhnlichen Zeiten nichts weniger als üppige Liebhaber, da ihre Verbrechen, soweit sie nicht äußeren Einflüssen entspringen, ja nichts anderes ausdrücken als die Unregelmäßigkeit ihrer Begierde. Moosbrugger empfand nichts als Langeweile, während Rachel vernichtet auf dem Bett lag. Nun war also nach seiner Ansicht auch noch das vorbei, das dem Beisammensein eine gewisse Spannung verliehen hatte, ehe man daran dachte.

Clarisse kam nicht, sie kam auch am nächsten Tag nicht; sie kam überhaupt nicht mehr.

Moosbrugger rauchte Zigaretten und gähnte. Rachel legte ihm ein paar Mal den Arm um den Hals und die Hand ins Haar, er schüttelte sie ab. Er zog sie auf seinen Schoß und stellte sie gleich danach wieder auf die Beine, weil er es sich anders überlegt hatte. Was er außer Langeweile fühlte, war, dass man ihn beleidigt hatte. Diese Frauen hatten ihn wie einen Jungen aus der Schule geholt und nach Hause begleitet; er hatte dieses Bild manches Mal beobachtet und sich dabei gedacht, dass aus solchen Söhnchen nie etwas Tüchtiges werden könne.

Aber er sah ein, dass er vorläufig nachgeben müsse; er durfte sich nicht auf die Straße traun, solange der Eifer der Polizei noch frisch war, und Biziste oder andere Freunde aufzusuchen, war schon gar nicht geraten. Er ließ sich von Rachel Zeitungen bringen und suchte, was man über ihn sage; er war jedoch mit seiner Presse diesmal nicht zufrieden, die Blätter taten seine Flucht mit drei bis fünf Zeilen ab. Er wusste, dass Rachel ebenso niedergeschlagen davon war, dass Clarisse sich nicht zeigte, wie er selbst; aber der

Unwille, der sich in ihm anhäufte, wenn er Rachel auch nicht als seine Ursache ansah, so lagerte er sich doch um sie, als die gegenwärtige Stellvertreterin Clarisses. Rachel beging den Fehler, dass sie sich auch weiterhin weigerte, Alkohol zu bringen; hätte sie es, übrigens, getan, so wäre auch das ein Fehler gewesen. Moosbrugger schwieg nach solcher Weigerung, aber die Beleidigungen, denen er ausgesetzt war, bildeten mit der Sehnsucht nach einem Wirtshaus und der faden Langeweile zusammen einen Knäuel von Widerwärtigkeit, als dessen Spindel ihm das dünne Mädchen vorkam, das sich den ganzen Tag um ihn bewegte. Er sprach nur das Nötigste und ließ alle Versuche Rachels, das Gespräch wieder auf die Höhe des ersten Morgens zu bringen, unberücksichtigt. Dazu noch von ihren eigenen Sorgen gepeinigt, war Rachel sehr unglücklich.

Nach wenigen Tagen kam es zu dem ersten Auftritt zwischen ihr und ihm. Als das Abendbrot und auch eine Weile des Gähnens vorbei waren, zog Moosbrugger das kleine Geldtäschchen, aus dem Rachel den täglichen Bedarf beglich, an sich, und suchte mit seinen dicken Fingern ein Geldstück herauszufischen. Rachel, die sofort begriff, was er wolle, aber ihm ihre Börse nicht rechtzeitig hatte entziehen können, lief um den Tisch und fiel ihm in den Arm. »Nein«, rief sie aus, »Sie dürfen nicht ins Wirtshaus gehen! Man wird –« Aber sie kam nicht dazu, diesen Satz zu vollenden, denn Moosbruggers Arm schob sie so streng zur Seite, dass sie das Gleichgewicht verlor und alle Mühe aufwenden musste, um nicht zu fallen. Moosbrugger setzte seinen Hut auf und verließ das Zimmer, so unnahbar wie eine große Steinfigur.

Rachel überlegte verzweifelt, was sie zu tun habe. Sie beschloss, den Kampf gegen Moosbruggers Unklugheit aufzunehmen. Sie warf sich vor, dass sie sich durch sein verändertes Benehmen habe abschrecken lassen, und in der Einsamkeit des Nachdenkens kam ihr dieses Benehmen begreiflich vor. Als die Schwächere hatte sie es leicht, die Klügere zu sein, aber sie musste alles daran setzen, ihm begreiflich zu machen, dass sie es in diesem Fall auch wirklich sei, und wenn er das einsähe, würde er sich wohl auch mit seiner Lage ein wenig befreunden, denn Rachel begriff ganz gut, dass das keine Lage für einen Helden war. Aber Moosbrugger war, als er nach Hause kam, betrunken. Die Stube füllte sich mit üblem Geruch, sein Schatten tanzte an den Wänden, Rachel war entgeistert, und ihre Worte liefen in spitzen Vorwürfen diesem Schatten nach, ohne dass sie es selbst wollte. Moosbrugger war auf ihrem Bett gelandet und winkte ihr mit dem Finger. »Nein, niemals wieder!« schrie Rachel. Moosbrugger zog eine Flasche aus der Brust, die er mitgebracht hatte.

Er war schon vor elf Uhr aus der Wirtschaft aufgebrochen und war bloß zu einem Drittel von Schnaps gefüllt, zum zweiten von schlechtem Gewissen und zum dritten von Ärger über seinen Aufbruch. Rachel ließ sich verleiten, sich auf ihn zu stürzen, um ihm die Flasche zu entreißen. In diesem Augenblick glaubte sie, dass ihr der Kopf zerberste, die Lampe drehte sich, und ihr Körper verlor allen Zusammenhang mit der Welt; Moosbrugger hatte ihr Zustürzen mit einem gewaltigen Tatzenschlag in ihr Gesicht abgewehrt, und als Rachel zu sich kam, lag sie weit von ihm entfernt auf der Erde, zwischen den Zähnen sickerte etwas hervor und Oberlippe und Nase schienen schmerzhaft zusammengewachsen zu sein. Sie sah, wie Moosbrugger immer noch die Flasche betrachtete, dann schmetterte er diese unwirsch zur Erde, stand auf und blies das Licht aus.

Ob mit Willen oder bloß in seiner Trunkenheit, Moosbrugger hatte das Bett besetzt und Rachel kroch weinend auf den Deckenhaufen, in dessen Nähe sie hingestürzt war. Die Schmerzen in ihrem Gesicht und Körper ließen sie nicht schlafen, sie getraute sich aber nicht, Licht zu machen und sich Umschläge zu bereiten. Es war ihr kalt, die Schande erfüllte ihren Kopf mit einem Zustand, der ganz der gehaltlosen Unruhe von Fieberphantasien glich, und der ausgeronnene Schnaps überzog den Boden mit einem lähmenden, ekligen Dunst. So gut sie es vermochte, überlegte sie während der ganzen Nacht, was zu geschehen habe. Sie musste Clarisse finden, aber sie hatte keine Kenntnis, wo Clarisse wohne. Sie wollte fortlaufen, aber dann sagte sie sich wieder, dass sie Clarisses Vertrauen täuschen würde, wenn sie Moosbrugger im Stich ließe, ehe diese wiedergekommen sei, sie hatte doch Geld dafür bekommen. Es fiel ihr auch ein, dass sie Ulrich aufsuchen könnte, aber sie schämte sich und verschob das auf später. Sie war noch nie geschlagen worden, aber wenn man von dem Schmerz absah, so war es nicht so schlimm; es drückte einfach die Tatsache aus, dass sie schwächer war als dieser Riese, den sie liebte, dass ihre Beschwörungen nicht bis zu seinem Ohr drangen und dass sie vorsichtig sein musste; er wollte ihr nichts Ernstes tun, das sah sie wohl, und das Unangenehmste blieb die Angst, die sie vor einer Wiederholung ihrer Züchtigung hatte, denn diese Vorstellung nahm ihr allen Mut aus der Brust und machte sie ganz elend.

So kam der Tag, ehe sie mit sich fertig war. Moosbrugger erhob sich, und schlotternd vor innerer Leere, musste sie seinem Beispiel folgen. Ein Blick in den Spiegel zeigte ihr, dass Mund und Nase stark angeschwollen waren, inmitten eines grüngelb entfärbten, halb ausgelöschten Gesichts; der Zauber dieser Nacht hatte Rachel hässlich und anspruchslos gemacht. Weder sie noch Moosbrugger sagten etwas.

Moosbrugger hatte einen wirren Kopf, er hatte im Schlaf den Schnaps gerochen und war mit dem Gefühl aufgewacht, nicht genug getrunken zu haben. Als er Rachels angelaufenes Gesicht sah, ahnte er etwas von dem, was gestern vor sich gegangen war; eine dunkle Erinnerung, dass sie sich herausfordernd betragen habe, hielt ihn davon ab, sie zu fragen. Er hätte sie aber gerne gefragt; eigentlich wusste er bloß nicht, wie er es anstellen solle. Und Rachel wartete auf ein gutes Wort von ihm, wie nur irgendein verliebtes Mädchen wartet; als er sich schweigend bedienen ließ, wurde sie immer trotziger. Moosbrugger wäre am liebsten gleich wieder in die Kneipe gegangen, aber er hatte vor diesem Mädchen Angst, das ihm wieder einen Auftritt machen möchte, und er konnte sie doch nicht immerzu schlagen. Ihre vom Heulen verschwollenen Augen widerten ihn noch mehr an als der aufgequollene Mund, der sichtbar wurde, wenn sie das Tuch, das sie daran hielt, von neuem nässte. Er sei ja wohl schuld, sagte er sich, alles was richtig ist, aber gleich am Morgen das wieder um sich zu haben, sei ihm zu viel. Der zarte Rücken Rachels und ihre schlanken Arme, die sie beim Waschen jetzt zeigte, der Teufel sollte sie holen, ihm gefielen sie nicht und kamen ihm wie Hühnerknochen vor.

Er fasste alles in allem so zusammen, dass er sich in einer sehr dummen Lage befinde, aber möglichst in Ehren ausharren müsse. Er ging abends ins Wirtshaus, das hatte er beschlossen, in dieser Gegend, wo man ihn nicht kannte, zu wagen, und Rachel traute sich nicht mehr, das Geld zu verweigern oder bei diesem Anlass Vorwürfe zu machen. Auch dann nicht, als er Karten zu spielen begann und dazu mehr Geld brauchte. In der Kneipe fand man leidlich gute Gesellschaft; in dieser Weise, dachte Moosbrugger, könne man ausharren, wenn man bei Tag recht viel schlafe. Aber

Rachel schlief bei Tag nicht und störte ihn wie eine Fleder-
maus. Einige Mal fing er sie. Einige Mal machte er auch
den Versuch, ein besseres Leben zu beginnen und mit ihr
als mit einem kleinen Fräulein zu sprechen, das sie ja auch
war. Aber da zeigte sich, dass Rachel nicht mehr konnte.
Sie antwortete ausweichend und einsilbig. Wenn Moosbrugger den Mund öffnete, erstarrte sie, ohne es zu wollen;
denn sie hätte gern mit ihm gesprochen, aber er hatte etwas
Fremdes in sie geschüttet, Gewalt, und der Brunnen, aus
dem alles Sagenswerte kommt, war zugefroren. So blieb
Moosbrugger nichts übrig, als sich zur Wand zu drehen.

Aber es gab einen Augenblick, wo sie jedes Mal sprach,
und das war, wenn Moosbrugger vom Wirtshaus zurückkehrte. Wenn er nicht betrunken war, schwieg er dazu
oder brummte bloß unverständliche Antworten, und Rachel verfolgte ihn bis in den Schlaf mit Vorwürfen seines
Leichtsinns. Er hatte sie in der Spannung geschlagen, der
sehr unangenehmen, die in ihm herrschte, solange er sich
verlockt fühlte, das Haus zu verlassen, und sich noch nicht
dazu entschließen konnte; jetzt, wo er einstweilen damit
im Gleichgewicht war, zeigte er sich fein und artig, und
Rachel, die herausfühlte, dass sie keine Gefahr laufe, wagte
sich immer weiter vor. Er blieb bloß von einem Tag zum
anderen länger aus, in dem Wunsch, erst zurückzukehren,
wenn sie eingeschlafen sei. Aber Rachel hatte eine merkwürdige Art Schlaf angenommen. Wenn er mit der Dun-
kelheit das Haus verließ, schlief sie augenblicklich ein, und
wenn er zurückkehrte, wachte sie auf und mit einer Sicherheit, als sei das nur die Fortsetzung ihres Schlafs, begann
sie mit ihm zu zanken. Ihre arme Seele, dazu verurteilt,
mit Überlegung und Gedanken ihre Lage nicht auflösen
zu können, ließ sich dann von den trunkenen Kräften des
Schlafs emporheben.

»So ein Hendl!« dachte Moosbrugger von ihr, und die Beleidigung, dass solch ein mageres Huhn tagaus, tagein um ihn herumscharren dürfe, wurmte ihn. Aber Rachel, als wüsste sie, wie er von ihr denke, und ohne dass er es je ausgesprochen hätte, fast wie in einer telepathischen Übereinstimmung mit dem schweigsamen Mann, der nachts durch das Zimmer tappte, fühlte eine unbezwingbare Lust zu gackern und zu zanken. Und wenn Moosbrugger betrunken heimkam, was ja auch nicht gerade selten geschah, so war sein Schwanken und Stolpern wie ein großes Schiff, das auf den gleichen Wellen tanzte wie die kleinen, aufgeregten Sätze des Mädchens. Und wenn dem gewaltig betrunkenen Christian Moosbrugger ein Satz zu nahe ging, so schnappte er. Wie gesagt, es war nie wieder der unbedachte Zorn wie beim ersten Mal, wo eine Bewegung seiner Hand Rachel beinahe zerschmettert hätte, aber er wollte dieses schreiende, sich gegen ihn auflehnende Kind zur Ruhe bringen und mit vorsichtig bemessener Gewalt, so wie ein Betrunkener den Schritt über den Rinnstein ausmisst, ließ er seine Hand auf sie fallen. Wenn Rachel geschlagen wurde, war sie augenblicklich still. Ein maßloses Staunen befiel sie wie bei einer ganz unerwarteten abschließenden Antwort. Sie war, seit sie das Elternhaus hinter sich gelassen hatte, nicht religiös, nach ihrem Werdegang erschien ihr Religion als eine Sache für unfeine Leute: aber wenn ein Elohim oder besser, ein böser Geist plötzlich auf einer Bank im Stadtpark zwischen den geputzten Menschen gesessen wäre, gerade so kam ihr es vor, wenn sie geschlagen wurde. Es zog sie in die Nähe, diesen bösen Geist noch einmal zu betrachten, und sie suchte ihn in Bewegung zu bringen. Dann öffnete sie eben wieder den Mund und sagte etwas, wovon sie ebenso sicher wusste, dass es Moosbrugger reizen könnte, wie dass es, wenn er es befolgen wollte, das richtige zu seinem Heil wäre. Dann schlug Moosbrugger sie mit dem Rücken der Hand auf die Wange oder stieß sie an die Wand. Und Rachel, obgleich schon wieder staunend, fand noch ein Wort, spitz und eindringlich wie eine Stricknadel. Und Moosbrugger musste natürlich darauf die Gabe größer machen. Und dieser Riese, der sie nicht erschlagen will, schlägt sie wild über den Rücken, aufs Gesäß, zerreißt ihr das Hemd, wirft sie an den Haaren zu Boden oder schleudert sie mit einem Fußtritt in die Ecke, aber tut alles das doch mit so viel Behutsamkeit in der Wildheit, wie es sein Rausch nur erlaubt, damit ihr nicht die Knochen brechen.

Und Rachel staunt den bösen Geist der Kraft und Rohheit an, der alle Worte nichtig macht. Sie wird völlig leicht, wenn Moosbrugger sie stößt. Gegen seine Kraft gibt es keinen Willen. Der Wille kommt erst wieder, wenn der Schmerz aufhört. Und solange der Schmerz da ist, heult sie und ist selbst darüber erstaunt, wie sie gegen die Wände zetert. Und Moosbrugger möchte sich an den Kopf greifen und seinen eigenen Kopf aus den gehobenen Fäusten auf die Erde schmettern, wenn er dieses verwünschte Nichts von einem Menschen damit nur zum Schweigen bringen könnte!

Am Tag nach solchen Abenden kommt es Rachel vor, als ob sie selbst betrunken gewesen wäre. Ihre Vernunft sagte ihr, dass sie ein Ende machen müsse. Sie suchte Ulrich auf. Aber man gab ihr die Antwort, dass er verreist sei, und niemand wisse, wo er sich aufhalte, noch, wann er zurückkehre. Am Rückweg glaubte sie zu bemerken, dass alles in der Welt heimlich auf Schlagen eingerichtet sei. Es fuhr ihr nur so durch den Kopf. Die Eltern das Kind. Der Staat die Sträflinge. Das Militär die Soldaten. Der Reiche die Armen. Der Kutscher die Pferde. Die Leute gingen mit großen Hunden an der Leine spazieren. Jeder schüchtert den anderen lieber ein, als sich mit ihm zu verständigen. Was ihr widerfahren war, war nicht anders, wie wenn sie mit den Händen in reine Lauge gegriffen hätte, statt in die verdünnte, die allerorts zum Waschen benützt wird. Sie musste heraus! Ihr Sinn war wirr. Sie nahm sich vor, abends, während Moosbrugger aus dem Haus sei, mit allem, was sie noch besaß, zu entfliehn. Es musste für sie allein noch ein paar Wochen reichen. Sie setzte ein argloses Gesicht auf, als sie die Wohnung betrat, um Moosbrugger nicht misstrauisch zu machen. Aber obgleich es erst sechs Uhr und noch heller Tag war, fand sie ihn dort nicht vor. Ein augenblicklicher Argwohn ließ sie Umschau halten. Von ihren Kleidern fehlte fast alles. Die Lampe und ein Teil der Decken waren fort. Wenn nicht in seiner Abwesenheit Diebe eingedrungen waren, so hatte Moosbrugger selbst alles zusammengerafft und versilbert.

Rachel packte den Rest zusammen. Aber dann wusste sie nicht, wo sie um diese Stunde, bei beginnendem Abend, hin solle. Sie beschloss, noch eine Nacht auszuharren und den Mund zu halten, wenn Moosbrugger so schwer betrunken zurückkehren werde, wie es nach diesen Vorbereitungen zu erwarten war. Am Morgen wollte sie dann spurlos verschwinden. Sie legte sich aufs Bett, und obgleich Moosbrugger auch den Kopfpolster mitgenommen hatte, schlief sie zum ersten Mal ruhig die ganze Nacht.

Trotz dieses tiefen Schlafs wusste sie am Morgen sofort, noch ehe sie die Augen öffnete, dass Moosbrugger nicht nach Hause gekommen sei. Sie sah sich um, und wollte es benützen, um sich rasch fertig zu machen. Aber sie war traurig; sie fürchtete, dass Moosbrugger in seinem Leichtsinn der Polizei in die Hände gefallen sei, und das tat ihr leid. Unwillkürlich zögerte sie, während sie ihr Bündel schnürte. In Wahrheit hatte Moosbrugger schon längere Zeit etwas vorgehabt. Er hatte sehr gut bemerkt, dass Rachel das Geld an ihrem Busen verwahre, und er wollte es ihr wegnehmen. Aber er scheute sich hinzugreifen. Er fürchtete sich vor diesen zwei mädchenhaften Dingern, zwischen denen es lag; warum, wusste er nicht. Vielleicht, weil sie so unmännlich waren. So kam es zu dem anderen Plan. Der war der natürlichere. Er hob Moosbrugger und setzte ihn wieder ab. Wenn es Moosbrugger aber einmal ganz belieben sollte, so würde er sich auf diese Weise Reisegeld verschaffen und sich ganz forttragen lassen. Eigentlich gefiel es ihm bei Rachel recht gut. Sie hatte ihre Eigenheiten, die ihn dumpf verfolgten; aber wenn er in Wut geriet oder wenn er sie zur Liebe einfing, so entlud er jedes Mal wieder einen Teil seines Unbehagens, und der Spiegel seines Plans stieg darum ziemlich langsam. Er fühlte sich bei Rachel einigermaßen gesichert; ja, das war es, ein sehr geordnetes Leben, wenn er abends ausging, sich etwas betrank und dann seinen Streit mit ihr hatte. Es nahm ihm gleichsam jeden Abend die Patrone aus der Waffe. Die beiden hatten Glück damit, dass er Rachel sozusagen in kleinen Teilen schlug. Aber eben, weil das Leben mit ihr so gesund war, erregte sie auch nicht im Großen seine Phantasie, und er hätschelte seinen heimlichen Plan, in die Welt zu verschwinden; er wollte ihn mit einem großen Rausch beginnen. Als es neun Uhr vormittags war, holte sich Rachel eine Zeitung, um nachzusehen, ob nichts Böses darinstehe. Sie sah es gleich. Eine Frauensperson war nachts von einem Betrunkenen oder Irrsinnigen zerfleischt worden, man hatte den Mörder gefasst und die Feststellung seiner Persönlichkeit stand bevor. Rachel wusste, dass es niemand anderer als Moosbrugger war. Die Tränen traten ihr in die Augen. Sie wusste nicht warum, denn sie fühlte sich froh und erleichtert. Und wenn Clarisse sich wieder einfallen lassen sollte, Moosbrugger zu befrein, so würde Rachel die Polizei auf sie aufmerksam machen. Aber weinen musste sie doch den ganzen Tag so, als ob nun ein Stück von ihr selbst an den Galgen kommen sollte.

Anhang

Aus: *Die Fackel*, Nr. 334–335, 31. Oktober 1911

Die Polizei hierzulande

die ist auch nicht ohne. Und auch nicht ohne Erfolg. Das erfahren wir zum Beispiel aus der Darstellung, die ein sonst ziemlich zuverlässiger Lustmörder im Gerichtssaal von der Art, wie seine Überführung zustande kam, gegeben hat:

PRÄS.: Schließlich haben Sie doch ein Geständnis abgelegt und den Sachverhalt ähnlich wie heute erzählt. Nur das Zusammentreffen mit der Ermordeten haben Sie anders geschildert. – ANGEKL.: Woher wissen Sie das? – PRÄS.: Aus dem Protokoll. – ANGEKL.: Wissen Sie denn, warum ich das Protokoll überhaupt gemacht habe? Weil der Polizeikommissär mich anflehte, ich möge ihm doch den Erfolg gönnen. Ich dachte mir, wenn es ein Erfolg für ihn ist, dann soll er ihn haben. – PRÄS.: Das klingt doch sehr unwahrscheinlich. – ANGEKL. (entschieden): Das ist sehr wahrscheinlich! – PRÄS.: Ich weiß ja nicht, ob er es notwendig gehabt hat. Damals war ja durch die blutigen Fingerabdrücke auf der Schürze des Opfers Ihre Täterschaft schon unzweifelhaft! Die Daktyloskopie hatte wieder einen Triumph zu verzeichnen. – ANGEKL.: Ist ja nicht wahr. Der Kommissär bat und quälte mich: »Herr Voigt, gönnen Sie mir den Erfolg!« Ich wiederhole das. Ich entgegnete: »Gut, wenn Se n' Erfolg haben wollen, kommen Sie man her, machen wir halt n' Protokoll.« (Stürmische Heiterkeit.)

Die Darstellung mag ein wenig übertrieben sein, aber zu stürmischer Heiterkeit ist durchaus kein Grund vorhanden. Den Leuten, die einen Mord auf dem Gewissen haben, wird schon auf der Polizei in Güte zugeredet, sich das Herz und dem Kommissär das Avancement zu erleichtern. Wenn ein Beamter einmal etwas eindringlicher wird, so hat das seine guten Gründe, er wartet lange genug, nämlich auf das Geständnis, muss zusehen, wie der Chef des Sicherheitsbureaus immer die ganze Ehre der Findigkeit für sich allein in Anspruch nimmt, und da kann es schon vorkommen, dass, wenn alle Stricke reißen, der Henker an das gute Herz des Mörders appelliert. Manche bleiben verhärtet und machen kein Protokoll. Ist einmal ein guter Kerl da, der ein Einsehen hat, sich aber auch nachher im Gerichtssaal der Regung nicht schämt, sondern frank erzählt, wie ihn der Mann der neunten Rangsklasse erbarmt habe, so wird er ausgelacht. Warum aber sollten die Mörder, auf deren Herzgrube die Polizisten es abgesehen haben, aus ihrem Herzen eine Mördergrube machen? Die Daktyloskopie, die eine fast ebenso bedeutende Wissenschaft ist wie die Graphologie und noch zuverlässiger als die Psychiatrie, mag ihres Triumphes und damit ihrer Zeitungsnotiz noch so sicher sein: wenn der Mörder ihre Behauptungen nicht bestätigt, ist sie geschnapst. Man braucht heute die Mörder. Beim gegebenen Stande der Kriminalwissenschaft, die eine sehr gediegene und gewiss noch entwicklungsfähige Wissenschaft ist, kann man zum Beweise einer Tat so wenig den Täter entbehren, wie man zur Feststellung eines Tatbestandes die Tat entbehren kann. Zu einem Mord gehören nicht zwei, sondern drei. Die Leiche hat man, den Kommissär auch, wenn aber jetzt der Mörder nicht Ja und Amen sagt, steht man schön da. Ein Mord, der nur begangen und nicht auch gestanden wird, gilt nicht. Ein Erfolg der Polizei besteht aus einem Mord und einem Geständnis. Bei einem so wichtigen Delikt ist man auf die Mitwirkung des Täters unbedingt angewiesen, während sonst meistens das Delikt genügen mag. Bei gemeinen Exzedenten erfolgt die Überführung durch die Aussage des Wachmanns und bei der Protokollierung ist der Beschuldigte so sehr der passive Teil, dass er froh ist, mit einem blauen Auge aus der Wachstube davonzukommen. Bei Falschmünzerei hingegen ist es sogar schon der Fall gewesen, dass auch das Delikt nicht begangen, sondern der Polizei erst in Aussicht gestellt wurde. Sie ließ es geschehen und gewann so die Zeit, um Erhebungen pflegen zu können. Auch bei Kuppelei verschafft sie sich erst im Laufe von Jahren die Gewissheit, dass sie begangen wird, um dann mit desto besserem Erfolge einschreiten zu können. Die Kupplerinnen tun nun zwar, wie wir so oft aus dem Gerichtssaal erfahren haben, der Polizei auch was zuliebe; aber das Geständnis liefern sie ihr nicht. Darum dauert es auch so lange, bis ihnen ein Haar gekrümmt wird, und dann ist es grau, und manche werden reich und ziehen sich zurück und sterben, nicht ohne dass sie sagen können, dass kein Kommissär in feindseliger Absicht die Schwelle ihres Hauses übertrat. Die Mörder aber, die Mörder, die imstande wären, einem Kommissär zuliebe einen Mord zu begehen, und die gewiss nicht so hartherzig sind, ihm ein Geständnis zu versagen, helfen selbst ihren Strick drehen. Im Volk ist der lächerliche Glaube verbreitet, dass jeder, der etwas angestellt hat, es sich mit der Polizei richten kann. Sicher ist, dass die Mörder die einzige Kategorie im Staat sind, mit der es sich die Polizei richten muss. Dass sie sich bemüht hat, braucht man einer Aussage des Delinquenten, der zunächst stürmische Heiterkeit folgt, erst dann zu glauben, wenn sie von der Aussage des Kommissärs bestätigt wird:

Polizeikommissär Dr. Hugo Weinberger wird hierauf vernommen. – PRÄS.: Haben Sie irgendeinen moralischen Zwang angewendet, um Voigt zu einem Geständnisse zu bewegen? – ZEUGE: Von einem Zwange ist keine Rede. Ich war aber bemüht, ihn zum Geständnisse zu bringen, indem ich ihm vorhielt, dass er allen Grund zu einem Geständnisse habe, weil alle Tatsachen so sehr gegen ihn sprächen. Das ist ja Sache der Polizeibehörde. – PRÄS.: Sie sollen ihm gesagt haben, er möge Ihnen doch diesen Erfolg gönnen. – ZEUGE: Das ist auf folgendes zurückzuführen: Ich war überzeugt, dass Voigt der Täter sei, und da er nun sein Gewissen nicht erleichtern wollte, sagte ich ihm: »Wenn Sie schon nicht aus Eigenem gestehen wollen, dann verschaffen Sie mir die persönliche Genugtuung, dass Sie es mir zuliebe tun.« Das gebe ich ohne Weiters zu. – Voigt erhebt sich und sagt: Meine volle Hochachtung vor dieser Aussage des Herrn Polizeikommissärs. Obwohl der Herr Kommissär mich mit den Worten entlassen hat: »Wir sehen uns wohl nie wieder«, so habe ich doch (mit einer eleganten Verbeugung vor dem Zeugen) die Ehre und das Vergnügen, Sie wieder zu sehen. – STAATSANWALT: Humor hat er.

Und einen, der sympathischer ist als der Humor der Staatsanwälte und Präsidenten, den sie, ohne ihn zu haben, unaufhörlich an der Wehrlosigkeit üben. Aber er hat nicht nur Humor, sondern auch Recht. Der Kommissär hat es ihm bestätigt. Der Kommissär hat ein Geständnis abgelegt, ohne dass von einem Zwange die Rede sein könnte. Es klingt fast so, als ob ich ihn gebeten hätte, wenn er schon nicht aus Eigenem gestehen wolle, es mir zuliebe zu tun. Es ist eidlich festgestellt, dass ein Lustmörder auf der Polizei gebeten wurde, dem Beamten eine persönliche Genugtuung zu verschaffen. Die Mörder verpflichten sich den Staat, aber er nimmt ihre Gefälligkeit in Anspruch, ohne sich zu revanchieren, ohne auch nur die Todesstrafe abzuschaffen. Das ist nicht nobel gehandelt. Es lässt auf die falsche Gemütlichkeit schließen, die hierzulande auch in staatliche Angelegenheiten hineinspielt. Wenn ein Beamter einen Delinquenten bittet, es ihm zuliebe zu tun, dass er sich schneller hinrichten lasse, so könnte der Delinquent ihm schon mit einigem Recht die Bitte, lieber ihm etwas zuliebe zu tun, zurückgeben. Es ist nicht würdig, eine solche Antwort zu riskieren. Es ist nicht menschlich, an die Überführung eines Menschen seine Hoffnungen zu knüpfen und die Beförderung in die achte Rangsklasse zum Tod durch den Strang zu einer Begriffseinheit zu machen. Es ist nicht geschmackvoll, dabei an die Mithilfe des beschädigten Teils zu appellieren. Und es ist grotesk, vorauszusetzen, dass sich das Vergnügen eines Lustmörders auf seine eigene Hinrichtung erstreckt und dass es, wenn sie selbst ein Opfer wäre, doch so weit vorhalten wird, um einem so lieben Kerl wie dem Weinberger keine Bitte abzuschlagen!

Bewegung

»Vor der Verhandlung und in den Pausen musterte er fast ohne Unterlass die merkwürdigen Frauen, die es in den Gerichtssaal gezogen hatte, den Lustmörder zu sehen.«

»Ich sah in ihr auch etwas Apachenhaftes und sagte ihr: Weißt du, du bist ein grausames Ding. Da hing sie mir am Halse … Ich stieß ihr das Messer in den Rücken.« – Nun wird die Köchin Philomena L. als Zeugin vernommen. Sie stand schon im Jahre 1906 mit Voigt in Beziehungen, die dann bis zum Jahre 1909 fortdauerten und denen selbst die Erkrankung Voigts keinen Abbruch tat. »War Ihnen bekannt, dass Voigt einmal in geschlechtlicher Überreizung eine Frau getötet hat?« ZEUGIN: Ja, das wusste ich bereits im Jahre 1906. (Bewegung.) – »Und Sie haben keine Furcht gehabt, die Geliebte eines Lustmörders zu sein?« Zeugin zuckt die Achseln und schweigt. (Bewegung.)

Diese Bewegung ist der Ersatz für die Ruhe, die ihnen in den mageren Jahren auferlegt ist, wo es keine Lustmörder gibt und nicht einmal Verhandlungen gegen Lustmörder. Denn die größte Sicherheit an der Seite eines Geschworenen kann ihnen nicht helfen. Und jede, die dasaß, hat den Staatsanwalt mit dem Angeklagten betrogen. Dass die Frauen so merkwürdig sind, erfahren die Männer merkwürdigerweise erst bei solcher Gelegenheit: und merken sichs nicht. Sie beruhigen sich wieder, denn alle Tage gibts nicht Lustmord, und wenn morgen wegen Einbruchs verhandelt wird, so muss der Angeklagte schon ganz besondere Qualitäten haben, um Bewegung hervorrufen zu können.

Karl Kraus

Nachwort

Um 1910 kultivierte Musil in seiner Novelle »Die Vollendung der Liebe« ein merkwürdig romantisches und amoralisches Verhältnis zu Sexualverbrechern. Claudine und ihr Mann unterhalten sich über einen Pädophilen und Frauenschänder namens G., über »das bisschen Erotik, das irgendwo wie ein schwacher Schein in ihm wetterleuchtet« und über die Frage, ob er Schuldbewusstsein empfinde. Es herrscht Unsicherheit, ob man sie überhaupt stellen dürfe. Er tue seinen Opfern weh, er müsse wissen, dass er sie demoralisiere, ihre Sinnlichkeit verstöre und sie in eine Bewegung bringe, »die nie mehr an einem Ziel« werde ruhen können. Und dennoch, es sei, »als ob man ihn dabei lächeln sähe, … ganz weich und bleich im Gesicht, ganz wehmütig und doch entschlossen, voll Zärtlichkeit; mit einem Lächeln, das voll Zärtlichkeit über ihm und seinem Opfer schwebt, wie ein Regentag über dem Land, der Himmel schickt ihn, es ist nicht zu fassen, in seiner Wehmut liegt alle Entschuldigung, in dem Fühlen, mit dem er die Zerstörung begleitet.«

Angesichts solcher in wolkige Metaphorik gehüllter, gewagter, ja skandalöser Thesen seiner Figuren müssen Musil Artikel in den Wiener Zeitungen über einen Sexualmord in der Wiener Binderau buchstäblich wie ein Blitz getroffen haben. Es waren Berichte über die Abschlachtung einer Gelegenheitsprostituierten namens Josefine Peer durch den oberfränkischen Zimmermann Christian Voigt in der Nacht vom 13. auf den 14. August 1910 – mit anderen Worten: es war der Fall Moosbrugger. Der Name Voigt war bei jemandem wie Musil, der 1906 in Berlin gelebt und die Posse des »Hauptmanns von Köpenick«, Wilhelm Voigt, in den Zeitungen verfolgen konnte, für ein literarisches Unternehmen ganz anderer Art als das Zuckmayers blockiert. Musil wählte einen ungleich suggestiveren Namen, weil man sich unter diesem Mörder »einen einsamen, hochgewachsenen Mann« vorstellen sollte, »der an einer moosüberwachsenen Mühle saß und dem Donnern des Wassers lauschte«. Ob der Autor dabei auf einen Porträtmaler der Mannheimer Schule namens Wendelin Moosbrugger zurückgriff, der auch in Wien tätig war und ein Bildnis des Kotzebue-Mörders Karl Ludwig Sand hinterließ, in der Tracht des Mordes, die Hand eben nach dem Dolche greifend, ob er an einen Fotografen namens Moosbrugger dachte, der im 19. Jahrhundert Aufnahmen der Burg Runkelstein bei Bozen angefertigt hatte (auf der Novelle »Die Portugiesin« spielt), oder ob er sonstwo in Österreich oder Südtirol auf diesen Namen gestoßen war, steht dahin. Jedenfalls wäre der Unhold ohne diesen Namen Moosbrugger halb so eindringlich. Ehe Musil zu dem realen Vornamen Voigts, Christian, zurückkehrte, hatte er in den »Spion«-Entwürfen zunächst Franz gewählt, einen in Österreich, dank dem Kaiser, sehr beliebten Vornamen – vielleicht beabsichtigte Musil aber auch eine Anspielung auf Franz von Assisi, um den Kontrast zwischen Güte und Brutalität zu betonen.

Die Wiener Zeitungen berichteten vom 16. August 1910 an über den fraglichen Mordfall – zu einer Zeit, als Musil in Berlin mit größter Anstrengung an der Vollendung der »Vereinigungen« arbeitete. Nicht ausgeschlossen, dass er durch Zufall schon damals solche österreichischen Blätter kaufte oder einen Monat später, bei seinen Vorstellungsgesprächen wegen eines Postens in Wien, von dem Mord erfuhr. Wahrscheinlicher aber ist, er habe ein gutes Jahr später, nunmehr Bibliothekar an der Technischen Hochschule Wien, den Prozess gegen Voigt anhand der Berichterstattung verfolgt: er fand am 20. und 21. Oktober 1911 vor einem Wiener Schwurgericht statt und endete mit einem Todesurteil. Der Autor räumt bekanntlich als »zeitgenössische Wahrheit« ein, dass Ulrich »alles bloß in der Zeitung gelesen hatte. (…) Die Wahrscheinlichkeit, etwas Ungewöhnliches durch die Zeitung zu erfahren, ist weit größer als die, es zu erleben; mit anderen Worten, im Abstrakten ereignet sich heute das Wesentlichere, und das Belanglosere im Wirklichen.«

In der Tat zeigt sich, dass Musil in seinen Moosbrugger-Kapiteln ganz wenig erfunden und sich auf die Journalisten gestützt habe, die im Gerichtssaal anwesend waren. Er verwendete eine Art Collage-Verfahren, für das er vor allem die »Illustrierte Kronenzeitung«, die »Neue Freie Presse« und die »Arbeiter-Zeitung« auswertete, und noch die verblüffendsten Details und sprachlichen Wendungen stammten aus der Presse. Nur wenige Anstrengungen machte er, um die Identität zu verwischen. Ließ er Moosbrugger anfangs »aus Steiermark« stammen, so verzichtete er dann auf diese Heimatangabe. Voigt, 1878 in dem Weiler Sattelgrund, Gemeinde Tettau, geboren, Sohn eines trunksüchtigen Schusters, war in der Tat »als Junge ein armer Teufel gewesen, ein Hüterbub in einer Gemeinde, die so klein war, dass sie nicht einmal eine Dorfstraße hatte.« Er ging dann bei einem Zimmermann in die Lehre, »verließ aber den Posten nach zwei Jahren wegen eines Streites mit dem Meister, ohne ausgelernt zu haben, und brachte sich von nun ab als Handlanger fort. Er arbeitete an vielen Orten Deutschlands, in der Schweiz und auch in Österreich. Auf der Wanderschaft erlitt er nach seiner Angabe acht bis zehn Strafen wegen Vagabondage und Bettelei. Im Jahre

1897 arbeitete er durch längere Zeit in München. Am 1. Juni
1897 verletzte er einen seiner Arbeitskollegen, den Zimmermann Rudolf Frick, durch Messerstiche, und wurde
wegen dieser Tat zu neun Monaten Gefängnis verurteilt.«
Musils Version der Tat – »da verschworen sich vier Maurer
auf einem Bau, ihn ihre Überlegenheit fühlen zu lassen
und vom obersten Stockwerk das Gerüst hinunterzustürzen; er hörte sie schon hinter seinem Rücken kichern und
herankommen, da warf er sich mit seiner unermesslichen
ganzen Kraft auf sie, stürzte den einen zwei Treppen hinab
und zerschnitt zwei andren alle Sehnen des Arms. Dass er
dafür bestraft wurde, hatte sein Gemüt erschüttert, wie er
sagte.« Musil übersteigert in seiner Prosa die Umstände,
hielt sich aber bei den Zitaten an die sehr gewählte Aus-
drucksweise Voigts. Der nämlich verharrte auf dem Standpunkt, er habe die Strafe zu Unrecht erlitten, da er nicht
der Angreifer gewesen sei, sondern jene drei Zimmerleute,
die ihn »im dritten Stock von rückwärts anfielen und die
Treppe hinunterwarfen. Und das musste als Grundlage
meiner Brutalität dienen«, empörte er sich. »Ich stand damals als naiver Mensch vor Gericht, ohne Verteidiger, und
dachte, dass die Herren Richter ohnedies wissen, dass ich
unschuldig bin. Aber ich bekam neun Monate, und das hat
mich schwer gekränkt und einen tiefen Eindruck auf mein
Gemüt ausgeübt.«

In der falschen Annahme einer strengeren Strafge-
richtsbarkeit zu früheren Zeiten setzt mancher Leser bei
Musils Bemerkung, ›sein‹ Mörder sei wegen schwerer
Sexualverbrechen »schon einige Mal in Irrenhäusern gewesen«, vielleicht ein Fragezeichen. Die Zeitungsberichte
im Fall Voigt bestätigten indes, so etwas war möglich. Er
hatte im März 1902 in Sonneberg, Thüringen, ein zwei-
undzwanzigjähriges Mädchen auf dem Feld überfallen

und versucht, sie unter »Würgen und Schlagen in einen nahen Wald zu schleppen. Um sie am Schreien zu verhindern, drückte er ihr Gesicht zu Boden und stopfte ihr Erde in den Mund (…) Er (…) kam in die Irrenanstalt Hildburghausen, befand sich dort bis Mai 1902 und wurde dann in die Irrenanstalt Bayreuth transferiert. Am 16. Juni entwich er von dort, kehrte nach Sonneberg zurück und arbeitete daselbst bis Ende August 1902. Am 3. September 1902 um 2 Uhr nachmittags beging Christian Voigt an dem 17jährigen Mädchen Ella Protowsky in einem Walde bei Lauscha einen Lustmord. Er überfiel das Mädchen, das Erdbeeren pflückte, und ermordete es durch Stiche in den Hals. Er wurde wegen dieser Tat beim Landgericht in Meiningen in Untersuchung gezogen, gerichtspsychiatrisch beobachtet und auf Grund des Gutachtens (…), wonach Christian Voigt den Mord in einem krankhaften Zustande der Geistestätigkeit begangen hat, zu Beginn des Jahres 1903 wieder in die Irrenanstalt Bayreuth gebracht. Am 16. April 1906 entwich er abermals aus der Irrenanstalt, kam nach Wien und blieb hier bis August 1906. Zu dieser Zeit wurde Christian Voigt in Wien angehalten, der hiesigen Landesirrenanstalt übergeben und lm 24. August 1906 in die Irrenanstalt Bayreuth zurücktransportiert. Dort blieb er bis Oktober 1909 und wurde in diesem Monate als gesund entlassen. Er kam wieder nach Wien, wo er bei der Donauregulierungskommission Arbeit fand.«

Tatsächlich zeigte sich an einem Fall wie Voigt die ganze Ratlosigkeit der zeitgenössischen Medizin und Psychiatrie. »Er gab an, er werde stets von Geistern verfolgt, die ihn bei Tag und Nacht rufen. Sie werfen ihn aus dem Bett, wenn er schläft, und stören ihn bei der Arbeit. Bei Nacht höre er sie sprechen und streiten miteinander, so dass er alle Augenblicke aufwache.« Das waren massive Anzei-

chen für eine Paranoia – aber wer bot Gewähr, dass der
Mann nicht bloß simulierte? Litt er von Zeit zu Zeit an
epileptischen Anfällen – oder täuschte er auch sie nur vor,
z. B. um dem Militärdienst zu entgehen? Das Eigenartige war ja, dass seinen Untaten vom Frühjahr 1902, seinen
ärztlicherseits vermuteten Dämmerzuständen Jahre ohne
subjektive und objektive Beschwerden zu folgen schienen
und dass ihn die Psychiater – so Musil in genauer Transfor-
mation der Sachlage – »ebenso oft für gesund wie für unzurechnungsfähig erklärt hatten«. Arbeitsgenossen nannten
Voigt ausdrücklich »einen gutmütigen Menschen, der nur
manchmal barsch und kurz angebunden war«, und auch
die Zeichnungen, die die »Illustrierte Kronen-Zeitung«
veröffentlichte, zeigten eine redlich-freundliche Miene.
Musil nahm dies gerne auf, sprach vom »Kopfhaar wie
braunes Lammsfell und gutmütig starken Pranken«, las
»gutmütige Kraft« und den Willen »zum Rechten« aus der
Physiognomie und erblickte in der Physiognomie über den
Handschellen gar «Zeichen der Gotteskindschaft», steiger-
te so den Kontrast zwischen dem Mann und seinen Taten
bis aufs Äußerste.

Vielleicht lag es wirklich an der von Voigt behaupteten
fatalen Konstellation, an der Hartnäckigkeit und Aufdring-
lichkeit jenes stellungslosen Dienstmädchens Josefine Peer,
dass er im August 1910 erneut zum Mörder wurde, dass
es ihn wieder ›hineinriss‹. Musil verdeutlichte überschie-
ßende Reaktionen dieser Art in dem Bild der »Vögel, die
herbeifliegen«, in Ereignissen, die auf ihn zukamen – in
den Augen des Richters jedoch gingen »seine Taten von
ihm aus«.

Was war geschehen? Am Samstag, dem 13. August 1910,
hatte Voigt gegen zehn Uhr abends eine Restauration und
ein Café besucht und sich über die Schlachthausbrücke

dem Prater zu begeben, in der Absicht, durch die Krieau zur Vorgartenstraße zu gelangen. »Ich ging über die Jesuitenwiese«, so erzählte er vor Gericht, »war sehr müde und wollte mich eine bis zwei Stunden im Gras ausruhen. Eben als ich daran ging, mir einen passenden Platz zu suchen, bemerkte ich vor mir die Umrisse einer Person. Ich ging langsam meines Weges weiter und näherte mich so der Peer. Sie redete mich an. (...) Das Frauenzimmer kam mir im ersten Moment eher vor wie ein verkleideter Mann. (...) Sie fragte mich, wo ich hingehe und ob ich sie nicht mitnehmen könne, doch ich antwortete nein, ich könne sie nicht brauchen. Sie sprach weiter, sie sei unterstandslos, doch ich sagte, das gehe mich nichts an und wollte überhaupt nichts mehr mit ihr reden. Ich hatte auch die Vermutung, dass sie nicht allein sei, denn zu einer solch ungewöhnlichen Stunde wäre es ja leicht möglich gewesen, dass sich ihr Beschützer in der Nähe aufgehalten hätte. Ich ging also meines Weges weiter, durch die Krieau zur Vorgartenstraße und dort fühle ich mich erst freier. Ich hatte absolut nicht einen Gedanken, das Frauenzimmer zu töten, denn hätte ich diesen Gedanken gehabt, so hätte ich es ja sicherlich an dem dunklen Ort, wo ich sie getroffen hatte, getan. Ich hatte auch absolut kein Gefühl für diese Karikatur von einem Frauenzimmer, sondern im Gegenteil eine gewisse Abneigung gegen sie (...) Es mag inzwischen Dreivierteldrei geworden sein (...) Unterwegs habe ich ihr einmal ins Gesicht gespuckt und ihr gesagt, sie solle doch nicht so zudringlich sein. Dann betrat ich, um sie los zu werden, ein Kaffeehaus, doch als ich herauskam, stand die Person wieder vor mir.« (Neue Freie Presse, 20. 10. 1911, S. 5)

Musil, der die Schauplätze gewiss von seinen Prater-Spaziergängen her bestens kannte und sich sozusagen täglich in Moosbrugger-Land bewegte, hat all diese Details übernommen, unterdrückte nur genaue Ortsangaben und Uhrzeiten, überführte die direkte Rede in Erzählung, achtete aber darauf, besonders charakteristische Wendungen, die den Bildungsanspruch des Mörders betonten, wie z. B. die von der »Karikatur eines Weibes«, zu konservieren. Bei der Umsetzung der Zeitungsberichte entstand der Mehrwert der dichterischen Prosa durch Metapher und Vergleich: »zwei lockende Mausaugen unter dem Kopftuch«; die »Schleicherin neben ihm« wiederholte »wie eine ganz weit ausschwingende Uhr immer wieder nach einer Weile ihre Bitte«; Befürchtungen, die Prostituierte könne weiter auf ihre männliche Beute warten, sind »wie Bindfaden«, die »sich in endlosen Schlingen um Arme und Beine legen«.

Im Zug seiner ›Vermeidungsstrategie‹ (oder, wie Musil schreibt, »mit einer gerade überirdischen Anstrengung seiner Moral«) lief Voigt nach den übereinstimmenden Berichten der Zeitungen, die Peer immer im Schlepptau, bis in die Nähe seines Arbeitsplatzes an der Donau-Regulierung. Dort gab es einen umplankten Cricket-Platz mit einem Kassenhäuschen. Voigt will das eingefriedete Gelände betreten und versucht haben, die Tür rasch zu schließen, um allein zu bleiben. »Allein schon stand das zudringliche Ding in der Tür und redete mir zu. Sie sagte, legen wir uns etwas nieder, es wird doch bald Tag. Ich empfand tatsächlich ein gewisses Mitleid mit der Situation, konnte ihr aber nicht helfen. (…) Ich ließ mich überreden und legte mich neben ihr beim Kassahäuschen nieder. Nach einer halben Stunde glaubte ich sie eingeschlafen. (Leise:) Ich stand vorsichtig auf und wollte mich entfernen, aber die dumme Person sprang auf, blitzartig. ›Ach, du wirst mir doch das nicht antun, mich zu verlassen.‹ Sie wurde schmeichelhaft, sprang mir an den Hals und umklammerte mich fest mit beiden

Armen, dass wir Körper an Körper standen. Diese Umarmung schien mir nicht galant zu sein. Zudem war ich durch mein Leiden so geschwächt, dass es mir unmöglich war, mich ohne Weiters aus ihrer Umarmung frei zu machen.« – »Ich rang mit ihr, Körper an Körper. Bei diesem Gedränge verletzte ich mich an der rechten Hand. Ich frage sie, was sie habe. Sie sagte: ›Eine Schere!‹ Ich antwortete: ›Kanaille, das ist keine Schere, das ist ein Messer!‹ Ich riss ihr das Messer aus der Tasche und forderte sie auf, mich loszulassen, oder ich steche! Sie ließ mich nicht los, da stach ich sie in den Rücken. Sie fiel lautlos zu Boden.« (Arbeiter-Zeitung, 21. 10. 1911, S. 8)

Da die Tatwaffe trotz aufwendiger Suche nicht gefunden wurde, – der Täter hatte sie weggeworfen, wahrscheinlich war es sein großes Schnappmesser –, gab es Unsicherheit hinsichtlich dieser Version Voigts, und Musil bildete die heillose Verwirrung, den tödlichen Bewegungssturm der entscheidenden Sekunden in ein paar lapidaren Sätzen ab: »Da fühlte er etwas Hartes in ihrer oder seiner Tasche; er zerrte es hervor. Er wusste nicht recht, war es eine Schere oder ein Messer; er stach damit zu. Sie hatte behauptet, es sei nur eine Schere, aber es war sein Messer. Sie fiel mit dem Kopf in das Häuschen; er schleppte sie ein Stück heraus, auf die weiche Erde, und stach so lange auf sie ein, bis er sie ganz von sich losgetrennt hatte.«

Der Blutrausch, in den er geraten war, war in Voigts Augen nicht als Lustmord zu begreifen, denn er »hatte eine Abneigung gegen die Frauensperson«. Er verdächtigte sie, eine »Abstiererin«, also eine Beischlafdiebin zu sein, und stellte sich die Peer »noch grausamer vor, als [er] derlei Weiber eingeschätzt habe.« Er sei durch seine Geschlechtskrankheit »physisch sehr erschöpft« gewesen und »habe in diesem Weib einfach das wandelnde Gift gesehen, welches die Männer in einen solchen Zustand versetzen kann«. Er habe geglaubt, das Messer, das er bei dem Ringkampf mit der Peer gefunden habe, sei für ihn bestimmt gewesen. Er habe «aus Wut das Frauenzimmer aus dem Häuschen herausgezogen und aus Zorn blindlings in den toten Körper weiter gestochen«. Wut und Zorn als Motive, keinesfalls die Befriedigung des Geschlechtstriebs durch die Verstümmelung der Frau. Da Vorsatz und Heimtücke als juristische Bestimmungsstücke für den Mord fehlten, plädierte der juristisch nicht unbeschlagene Voigt in eigener Sache für Totschlag, und Musil rekonstruierte aus den Gerichtssaalberichten den »schattenhaft kenntliche[n] Plan«, der seiner Verteidigung zugrunde lag. «Er war weder mit der Absicht ausgegangen zu töten, noch durfte er seiner Würde halber krank sein, von Lust konnte überhaupt nicht gesprochen werden, sondern nur von Ekel und Verachtung: also musste die Tat ein Totschlag sein, zu dem ihn das verdächtige Benehmen des Weibes (…) verleitet hatte.«

Der Paroxysmus der Tat diente nach Musils Version der Abwehr einer Gefahr, auch der einer Annäherung und Verschmelzung. Die Beschreibung der physischen Folgen für das Opfer überließ er den Gerichtssaal-Reportern, folgte aber ihren Berichten, die sich ihrerseits wieder auf die Anklageschrift stützten, fast wörtlich. So schrieb etwa die »Arbeiter-Zeitung«: »Die Leiche wies auf eine vom Nacken bis zur Mitte des Vorderhalses reichende Wunde, weiter zwei Stichwunden auf der Vorderseite der Brust, welche das Herz durchbohrt hatten, zwei Stichwunden an der linken Rückenseite. Ferner waren die beiden Brüste so abgeschnitten, dass sie von dem Körper abgehoben werden konnten. Der Bauch, der mehr als fünfunddreißig Stichwunden aufwies, war aufgeschlitzt, eine Schnittwunde verlief vom Vorderkörper bis zum Kreuzbein, auch der rückwärtige

Teil des Körpers wies eine Unzahl von Wunden auf und am Halse waren Würgespuren sichtbar.«

Zeitungen so unterschiedlicher Ausrichtung wie die »Neue Freie Presse« und die »Arbeiter-Zeitung« folgten keineswegs der Anklage-Schrift, es handle sich um einen Lustmord. Erstaunlich aufgeklärt und fern aller Scharfmacherei, erklärte beispielsweise die NFP, für solche Verbrecher, »die zwar nicht vollständig unzurechnungsfähig sind, aber doch an der Grenze der Geisteskrankheit stehen, können nur Detentionsanstalten der richtige Aufenthalt sein – für einen begrenzten Zeitraum oder für immer«. Vielleicht zeitigten Fälle wie der Voigts bei den maßgeblichen staatlichen Stellen den Entschluss, »diese wichtigen und dringend notwendigen Anstalten ins Leben zu rufen«. Sicherungsverwahrung also – aber die medizinische Fakultät der Universität Wien zeichnete mit ihrem Gutachten einen anderen Weg vor. Sie hielt Voigt für voll schuldfähig. Die Geschworenen schlossen sich dem an, und so stand am Ende das Urteil »Tod durch den Strang«.

Der letzte Verhandlungstag zeigte noch einmal das unglaubliche Gemisch von Intelligenz und Ratlosigkeit, von Stolz und Schwäche, von Behauptung psychischer Gesundheit und hoffnungsloser Verwirrtheit bei Voigt. Am Schluss der Beweisaufnahme sagte der Angeklagte:

»Dadurch, dass ich die Anklage erzwungen habe, bin ich mit dem Beweisverfahren zufrieden.« Es war die Genugtuung dessen, dem die Professoren für Psychiatrie geistige Normalität bescheinigt hatten und der so überhaupt vor Gericht gestellt wurde. Freilich, als das Todesurteil verkündet war, formulierte Voigt ein Paradox, das wohl einmalig in der Rechtsgeschichte ist: »Ich bin mit dem Urteil zufrieden, wenn ich Ihnen auch gestehen muss, dass Sie einen Irrsinnigen verurteilt haben.«

Solche abgründigen Sätze ließen sich auch von Musil nicht überbieten. Er kopierte sie sozusagen in sein Manuskript und fügte den abschließenden Kommentar hinzu. »Das war eine Inkonsequenz; aber Ulrich saß atemlos. Das war deutlich Irrsinn, und ebenso deutlich bloß ein verzerrter Zusammenhang unsrer eigenen Elemente des Seins. Zerstückt und durchdunkelt war es; aber Ulrich fiel irgendwie ein: wenn die Menschheit als Ganzes träumen könnte, müsste Moosbrugger entstehn.«

Der Verteidiger Voigts legte tatsächlich, wie es Musil erwähnt, die Nichtigkeitsbeschwerde ein, aber der Prozess wurde nicht noch einmal öffentlich aufgerollt. Am 22. Februar 1912 langte beim Landesgericht Wien »die Verständigung herab, dass der Kaiser dem zum Tode verurteilten Lustmörder Christian Voigt die Todesstrafe nachgesehen habe. Über den Mörder wurde lebenslanger schwerer und verschärfter Kerker verhängt. (…) Voigt war mit dem Gnadenakte keineswegs einverstanden. (…) Als die Verkündigung erfolgt war, sagte er: ›Die Begnadigung freut mich nicht. Die Vollziehung der Todesstrafe wäre mir lieber gewesen.‹« (Neue Illustrierte Kronenzeitung, 21. 10. 1911, S. 11)

Nach der Begnadigung wurde Voigt in die Provinzialstrafanstalt Garsten gebracht, ein ehemaliges Benediktinerkloster. Sie ist von Musils Kindheitsstadt Steyr nur wenige Kilometer entfernt. Vielleicht stand diese räumliche Nähe für jene seelische Nähe, die den Autor rund zwanzig Jahre mit seiner Figur verband. Es gab eine eigenartige Parallelaktion. So, wie sich in Musil nach dem Ende des Ersten Weltkriegs die Vorstufen zum »Mann ohne Eigenschaften« bildeten – »Der Spion«, »Der Erlöser«, »Die Zwillingsschwester« –, so wurde auch Christian Voigt in seiner Garstener Einzelzelle zum Schriftsteller. Er hatte sich im

Selbststudium nicht nur die Anfänge des Französischen, des Englischen, des Italienischen und des Lateinischen beigebracht, hatte nicht nur Philosophen wie Nietzsche und Schopenhauer gelesen, nein, er begann auch selbst zu dichten.

Der Journalist Hans Margulies brachte von einem Besuch in Voigts Garstener Einzelzelle folgende Verse mit nach Wien:

Die Galeere

Wir tragen die Ketten »legaler Ordnung«,
Die auch »sozial« und die »sittliche« heißt,
Wo der eine hungert und friert und jammert,
Der andere frohlockt und königlich speist.
Der eine mit Lumpen den Körper verhüllend,
Der andere »fashionable« à la mode sich kleidet,
In Kellern und Böden die einen wohnen,
In Cottages und Villen die anderen thronen.

Doch die schwankende Galeere,
Mit der ich fuhr hinaus
Auf hohe See, die schwere,
Zerbrach im Sturmgebraus

Nietzsches Dionysos-Dithyramben bilden wohl die Folie solcher Verse

Rings nur Welle und Spiel
Was je schwer war
sank in blaue Vergessenheit –
müßig steht nun mein Kahn.
Sturm und Fahrt – wie verlernt er das!

Wunsch und Hoffen ertrank,
glatt liegt Seele und Meer
(…)
Silbern, leicht, ein Fisch
Schwimmt nun mein Nachen hinaus …

Die Unterschiede der Lebenswelten hätten kaum größer sein können: hier der Zimmergeselle mit einigen Klassen Volksschule in seiner Einzelhaft, dort der pensionierte Professor der Altphilologie, oft auf Reisen im Süden, nicht reich, aber immer mit dem Nötigsten versehen und alles in allem auf der glücklichen Seite des Lebens, von der ein Voigt nur träumen kann.

Natürlich sind die Verse des Autodidakten unvollkommen. Niemand hat ihm klargemacht, dass ein bestimmtes Reimschema – Kreuzreime, Paarreime – durchgehalten werden sollte, dass Waisen, reimlose Verse, nicht überhandnehmen dürfen usw.

Aber, wenn das Wortspiel erlaubt ist, mit Waisen hatte Voigt viel drastischere Probleme als nur poetische. Das zeigt sein Gnadengesuch vom 9. April 1922 an die Oberstaatsanwaltschaft in Wien:

»Mitteleuropa liegt in der Agonie und bittet seine ›Sieger‹ um Mitleid, um Hilfe, um das Leben wieder erträglich zu machen. Es wird wohl noch über die Ursache und die ›Urheber‹ dieses sozialen Todeskampfes diskutiert, aber der Wille sich wieder aufzurichten ist doch allgemein. Die Gesellschaft ist die große Familie und wäre ohne die kleinen Familien nicht denkbar, sie ist die höhere Form. Geht es der kleinen Familie schlecht, dann auch der großen, in keiner Zeit der Geschichte ist das Schicksal des Einzelnen so vollständig das Schicksal des Ganzen gewesen wie in der gegenwärtigen. Nach bald zwanzig Jahren Abwesenheit von Heimat, von Familie, durch unsagbare Leiden hindurchgegangen, hatte ich vor einigen Monaten das aufregende Erlebnis, dass ich noch eine Familie habe. Diese glaubte mich tot, denn ich hatte die letzten zwölf Jahre geschwiegen, ich wollte vergessen sein. Im Oktober 1921 erkundigte ich mich nach meinem Sohn bei einem Pfarramt im Thüringer Wald, meine Ahnung, der Krieg könne auch ihn verschlungen haben, war leider richtig.

Er ist, nicht ganz zwanzigjährig, 1918 in Frankreich gefallen. Durch jene Anfrage erfuhr nun meine Familie, dass ich noch lebe, und die Frau ruft: lieber Mann, und die beiden größeren Töchter: lieber Vater! Meine Frau war in der langen Zwischenzeit auch ohne mich fruchtbar, es sind noch zwei kleinere Töchter da, deren Väter aber tot sind, und auch diese rufen: lieber Vater! Wir sind ohne Vater, komme bald! Ich liebe meine Frau mit ihren Kindern, welche auch die meinigen sind, und alle haben mich lieb und verlangen mich. Meine Frau macht seit 19 Jahren Glasperlen am Blasbalg, sie ist also Heimarbeiterin, wird immer mehr krumm und bucklig und verkümmert. 19 Jahre bei offener Petroleumflamme! Ich bin seit zwölf Jahren in Österreich gefangen, könnte hilfreich sein und gehe auch langsam zu Grunde, denn der Strafvollzug ist seit 1915 eine Tortur, ein schmerzlicher Leidensweg nach dem Grabe. Meine Frau wohnt in ihrer Heimat, in Fehrenbach, Kreis Hildburghausen, sie hat von ihrem Vater einen Acker geerbt und hat eine Ziege. Ich bin demnach theoretischer ›Grundbesitzer‹ und in keiner Zeit meines Lebens wäre meine wirtschaftliche Sicherheit so gut fundiert wie am Ende meines Lebens in zukünftiger ›Freiheit‹. Wie liebevoll wollte ich den Acker bebauen!

Die dortige Gemeindevertretung will ein Gnadengesuch

für mich machen, der Schultheiß ist Maurermeister, und ich könnte ohne Übertreibung der Zimmermeister sein, denn die Gemeinde hat keinen Zimmermann. Auch beruflich bietet sich hier eine Gelegenheit wie nie zuvor. Hätte ich keine armen Eltern gehabt, welche ehrliche und harte Arbeit geleistet haben, so wäre ich bestimmt kein Säckekleber für das ›Salus publica‹ im Kerker. Mein Leben kann nur soziologisch begriffen werden. Charlatane und ›Seelenforscher‹ sind untüchtig dazu. – Ich bin von Natur ein kerngesunder Mann, das muss doch nach zehn Jahren freiwilliger Einzelhaft jeder vorurteilslos kritisch Urteilende erkennen.

Vorausgesetzt, dass diese Art zu erkennen noch einen Wert hat, mache ich die für Recht und Gerechtigkeit arbeitende Oberstaatsanwaltschaft auf die Zähe und Energie aufmerksam, mit denen ich mein von zarter Jugend an durch harte Arbeit in der Entwicklung im Rückstand gebliebenes Gehirnplasma zum marschieren brachte. Ich bin von einem vegetierenden, instinktiv nur auf Druck und Stoß reagierenden Lebewesen ein wissenschaftlich gebildeter, erkennender Arbeiter geworden. Ich weiß, was Wille ist, ich weiß, wie leicht es für den erkennenden Menschen ist vernunftgemäß zu leben, sich sozial zu betätigen. Das ganze Problem der Willensfreiheit beim Menschen ist ein Problem des richtigen Erkennens.

Freilich, von der Jurisprudenz verstehe ich heute noch nichts, aber ich hoffe, dass diese aus den zwangsläufig abrollenden Verhältnissen so viel weiß, dass das gesunde Individuum, der ›Bürger‹, nicht geboren wird, um im Elend unterzugehen. Was ich heute geistig und intellektuell bin, bin ich in Garsten geworden, was mir Schule und soziale Fürsorge verweigert, hat mir die ‹honette Gesellschaft› doch noch im Kerker gegeben. Diese Tatsache ist gewiss für die hohe Gerechtigkeits-Obrigkeit keine Schande und ich bin bescheiden genug mit meinem Flämmlein nicht zu prahlen, sondern im Stillen ein geordnetes Leben damit zu verschönern. Ich bin ein Mensch mit starkem Willen, der Beweis ist erbracht. Ich bin ein Mensch. ›Aufwärts aus eigener Kraft!‹

Mein Vorleben tut mir leid, ich wollte lieber nicht geboren sein, als diese Leiden über mich ergehen lassen zu müssen. Aber was bin ich doch für ein kleiner Übeltäter im Vergleich des ungeheuren Verbrechens, was ein ganzes Volk erduldet hat und noch erduldet. Millionen Unschuldiger schreien nach Sühne, und kein öffentlicher Ankläger findet einen Gerichtshof und einen Paragraphen. (…) Ich war stets ganz Arbeiter und kann arbeiten und will arbeiten für eine arme Frau, die ebenso viel gelitten hat wie ich, für meine Kinder. Muss es denn ewig und in jedem Fall wahr sein. ›Es erben sich Gesetz und Recht wie eine ewig Krankheit fort?‹ (…)

Auf der schiefen Ebene dem Grabe zu, im 45. Lebensjahre, aber noch arbeitsfähig, bitte ich die mir immer freundlich gesinnte Oberstaatsanwaltschaft der Republik Österreich mich meiner armen Familie zurückzugeben, um als Freudenbringer selbst noch ein wenig Freude in einem armseligen Leben zu haben.

Ehrerbietigst, gehorsamst
Christian Voigt

Strafanstalt Garsten, Einzelhaft II./5,
am 9. April 1922«

Dieses Gnadengesuch, im Original etwa doppelt so lang, gehört als soziales Dokument in die Lesebücher der Oberstufe. Natürlich verfehlte es seine Wirkung. Besonders der

Vergleich des büßenden Einzeltäters mit den straffreien Massenmördern des Weltkriegs dürfte den Staatsanwälten kaum geschmeckt haben. Voigts Frau Emma im thüringischen Fehrenbach, die ebenfalls ein erschütterndes Gnadengesuch einreichte, überlebte dessen Ablehnung wie die der folgenden nicht lange. Sie starb am 2. April 1924.

Als die Petitionen der Strafanstaltsdirektion und des Anstaltsseelsorgers vom November 1922 ebenfalls ohne Erfolg blieben, entschied sich Voigt für eine andere Strategie. Er beschloss offenbar, die Presse einzuschalten. Zumal er jeden illegalen Weg aus dem Zuchthaus, etwa eine Flucht wie seinerzeit aus dem Irrenhaus Bayreuth, nun ausschloss. Wohl im November 1922 scheint sich Voigt an den sozial engagierten Journalisten Hans Margulies vom Wiener »Tag« gewandt und ihn zu einem Lokaltermin eingeladen zu haben. Am 28. Dezember 1922 erschien der Bericht »Wozu dienen unsere Gefängnisse?«, ein längerer Zweispalter, mit dem der Häftling Christian Voigt für die österreichische Öffentlichkeit wieder zu existieren begann.

»Eine Einzelzelle in der Strafanstalt Garsten. Der Ausblick auf die Enns und die waldigen Hügel wird nur durch die schwere Eisenvergitterung der Fenster störend unterbrochen. An einem mit Büchern, Zeitschriften und Schreibrequisiten bedeckten Tisch sitzt ein den Fünfzigern nahekommender Mann. Bei unserem Eintritt erhebt er seine schwere, fast massige Gestalt. Dunkle, kurzgeschnittene Haare überdachen ein scharfgeschnittenes, glattrasiertes, intelligentes Gesicht. Man sieht ihm kaum mehr an, dass er durch Jahrzehnte als Zimmerergehilfe schwere körperliche Arbeit geleistet hat. Seit Jahren beschäftigt er sich intensiv mit Philosophie und vor allem mit Biologie und ist jetzt schon ein bekannter und gern gesehener Mitarbeiter einer großen Anzahl ausländischer, vornehmlich deutscher Revuen, in denen er populärwissenschaftliche Abhandlungen veröffentlichte, die auf ein ungemein tiefes Wissen und ein scharfes und richtiges Denken hinweisen. (…) Sein Fall wirft alle Fragen des Strafrechtes auf, berührt alle Grenzgebiete von Genie und Verbrechen.«

Es stellte sich heraus, dass der Direktor der Strafanstalt Garsten, Regierungsrat Bazalla, ein verständnisvoller Förderer Voigts war. Grund dafür war seine Überzeugung: »Das ist nicht mehr der Mörder, der uns eingeliefert wurde. Das ist ein ganz neuer, anderer Mensch.« Er gestattete daher den umfangreichen Briefwechsel Voigts mit Professoren wie Jakob Bechhold in Frankfurt, dem Herausgeber der Zeitschrift »Die Umschau«, und mit dem Zürcher Psychiater Auguste Forel, dem Erfinder der verminderten Zurechnungsfähigkeit. Außerdem erlaubte Bazalla den Kauf von Büchern; obwohl sich Voigt manche Lektüre vom Munde absparte, legte er da mitunter eine atavistische Gewalt gegen Sachen an den Tag. Margulies beobachtete, wie Voigt Bücher, von denen er sprach, in die Hand nahm und sie dröhnend auf den Tisch warf. Margulies zitierte Voigts Aussage: «Wenn man ein soziales Interesse gehabt hat, mich einzusperren, muss man nicht auch ein soziales Interesse haben, mich freizulassen, wenn die Strafe überhaupt Wert haben soll?»

Die Jahre vergingen, Voigts Leben verlief in großer Eintönigkeit. Er sah den Wechsel der Jahreszeiten vor dem vergitterten Fenster, Abgesandte aus Wien kamen und versprachen von Besuch zu Besuch, man sehe ihn nun zum letzten Mal in Garsten, aber es blieben leere Versprechungen. Grimmig reimte er unter dem Titel »Circulus vitiosus«:

Das Leben hier ist bunt
Das Individuum Schund
Der Lebenslauf geht rund
Ein Glück, wer noch gesund!

Diese Knittelverse fanden sich in der Wiener »Sonn- und Montagszeitung«, die im März 1927 zwei Artikel über Voigt, den Philosophen hinter Kerkermauern, brachte. Er stand nun im 50. Lebensjahr und wartete noch immer auf das »Losgehen«, die Begnadigung in der Sprache der Häftlinge. Das Blatt nannte ihn »sowohl als persönliche Erscheinung als auch in geistiger Hinsicht wohl den interessantesten Menschen unter allen, die Österreichs Gefängnisse beherbergen.« Voigt hatte der Redaktion einen längeren Aufsatz überlassen, der bewies, dass er einer extremen Milieutheorie anhing und den Vorwurf des Lustmords im Prater nach wie vor zurückwies. Er wollte nur aus Ekel und Abscheu vor der zudringlichen Prostituierten gehandelt haben.

Wörtlich schrieb er: »Nach dem gewöhnlichen Schema ‹Lustmord› kann mich kein ernsthafter Mensch beurteilen. (…) Zuerst gehöre ich in die Rubrik ‹Sozialmord›, und dann habe ich die Rohheit weitergegeben, die ich von Jugend an reichlich empfing. (…) Ich stamme von gesunden Eltern legaler Ehe. (…) Mein Vater starb 1884, und ich war sechs Jahre alt, wurde Hüterjunge in fremden Häusern, ein Objekt zu willkürlicher Ausnützung. Mein Schulbesuch war unregelmäßig, weil ich auf Ansuchen des Zwergbauern befreit wurde. Und selbst während des Schulbesuchs habe ich die Ziegenställe meiner Pädagogen ausgemistet als ein armes Kind, ein Paria, dessen Eltern nur eine Ware: ihre Arbeitskraft besaßen.«

Voigt versuchte alles mit seiner Herkunft in Verbindung zu bringen, konnte freilich nicht erklären, weshalb nicht alle Proleten mit schwerer Kindheit zu Frauenmördern wurden. Er lehnte für sich jede erbliche Belastung ab, während Musil in den Moosbrugger-Entwürfen zur missglückten Befreiung seines »riesigen Klienten« Mitte der 1920er Jahre das Wort «Anlage» durchaus nicht mied. In der vorletzten Textstufe vor der Reinschrift von Band I des »Mannes ohne Eigenschaften«, in den sogenannten Kapitelgruppen, hatte Musil den mörderischen Stoff um 1928 noch einmal aufgenommen und bis zur nächsten, der letzten Katastrophe geführt. Diesmal glückte die Befreiung aus der Untersuchungshaft, und Moosbrugger lebte einige Tage mit Rachel, dem von Diotima davongejagten Dienstmädchen, in einem Versteck. Allerdings war er sehr unvorsichtig, ging ins Wirtshaus, trank und schlug Rachel, wenn er sie anders nicht zur Räson, zu seiner Räson bringen konnte.

Es kam, wie es kommen musste. Als Rachel eines Morgens die Zeitung aufschlug, sah sie es sofort: »Eine Frauensperson war nachts von einem Betrunkenen oder Irrsinnigen zerfleischt worden, man hatte den Mörder gefasst und die Feststellung seiner Persönlichkeit stand bevor. Rachel wusste, dass es niemand anderer als Moosbrugger war.«

Wäre Voigt tatsächlich aus der Haft geflohen und hätte noch einmal gemordet, so wäre er dem Strick des Scharfrichters Josef Lang gewiss nicht mehr entgangen. So aber hielt er eiserne Disziplin und beging – feierte wäre gewiss der falsche Ausdruck – am 22. Januar 1928 seinen 50. Geburtstag, noch immer hinter Gittern. Immerhin hatte er die kleine Genugtuung, dass das Flaggschiff der österreichischen Publizistik, die »Neue Freie Presse«, Kurs nahm auf ihn und sein Schicksal. Am 5. Februar 1928 veröffentlichte die Zeitung einen langen Artikel und zitierte Voigts Brief in Sachen Begnadigung an dessen Anwalt Dr. Schönborn:

»Ich befrage mich oft, welche Bedingungen ich noch zu erfüllen habe, und würde dankbar sein, wenn mir jemand Aufschluss darüber gäbe. Ich bin Mensch, ein echter Mensch, mit Verstand und Gefühl und niemand kann Nachteiliges während meiner langen Strafhaft über mich aussagen. Aber freilich, ich bin Mensch auf anderer Grundlage, ohne Metaphysik. Das mag nicht vorteilhaft für mich sein, aber ich halte es für die größte Pein, wenn sich ein Mensch selbst belügt und sich anders gibt, als wie er denkt und fühlt. Ich bin kein Verbrecher, auch juristisch nicht. Ich würde es sagen. Wenn mein Gewissen auch nur leise anklopfte.« Der Artikel schloss nicht aus, »dass der widernatürliche Furor, der in ihm brennt, vielleicht zum Verlöschen gekommen ist«. Aber was, wenn es nicht so war? »Dieser Mann, körperlich ein Riese, müsste in eine Detentionsanstalt gebracht werden, eine Zwischenanstalt, die wir in Österreich nicht besitzen.« Es hieße Sicherungsverwahrung also mit einem wesentlich milderen Regime als die Strafhaft, gleichzeitig jedoch so sicher, dass die Öffentlichkeit beschützt blieb.

Hätte der Artikel mit diesem Tenor (wie es in den folgenden Tagen geschah) nur im »Salzburger Volksblatt« oder in der »Linzer Tages-Post« gestanden, wäre die Wahrscheinlichkeit, dass Musil ihn gelesen hat, nahe null. Bei einer Publikation im Hauptblatt Wiens ist es immerhin nicht ausgeschlossen, auch wenn sich in seinem Nachlass keine Notiz findet.

Unter dem letzten Dutzend Kapiteln, die Musil 1930 für den ersten Band des »Mannes ohne Eigenschaften« zu schreiben hatte, war auch das 110. mit dem programmatischen Titel »Moosbruggers Auflösung und Aufbewahrung«. Es endete mit den Sätzen: »Und niemals, wenn sie jetzt auch zuweilen geradezu unangenehm war, verließ ihn eine gewisse wichtige Gehobenheit, die ihm durch die Kerkermauern aus der ganzen Welt zuströmte. So saß er als die wilde, eingesperrte Möglichkeit einer gefürchteten Handlung wie eine unbewohnte Koralleninsel inmitten eines unendlichen Meeres von Abhandlungen, das ihn unsichtbar umgab.«

Am 26. November 1930 wurde der erste Band des Romans ausgeliefert. Am 19. Dezember wurde Christian Voigt, nachdem er 18 Jahre, 9 Monate und 27 Tage seiner lebenslangen Haft verbüßt hatte, vom österreichischen Bundespräsidenten Miklas begnadigt und auf Bewährung entlassen. Die Bewährungsfrist betrug fünf Jahre.

Der Wiener »Morgen« brachte am 12. Januar 1931 einen langen Artikel, in dem er die Geschichte Voigts rekapitulierte und berichtete, er sei im Rahmen der periodischen Begnadigungen bedingt aus Garsten entlassen, über die Grenze geschafft und in einem deutschen Altersheim untergebracht worden. Musil war damals in Wien – ob er von der dramatischen Wende im Leben Voigts erfahren hat? Er arbeitete nun am zweiten Band des »Mannes ohne Eigenschaften«, und die erzählerische Logik verlangte, dass die Geschicke der Figuren weitererzählt würden. Natürlich galt das auch für Moosbrugger, aber es scheint, als hätte Musil mit dem Ende des ersten Bandes und mit Voigts Strafnachlass das Interesse an dieser Figur weitgehend verloren. Es brauchte fast zwanzig Kapitel, bis von Clarisse die Parole »Vorwärts zu Moosbrugger« ausgegeben wurde.

Von Ulrich heißt es, er habe sich darüber gewundert, «dass er so lange nicht an Moosbrugger gedacht habe und immer erst durch Clarisse wieder an ihn erinnert werden müsse, obwohl dieser Mensch früher doch fast beständig in seinen Gedanken wiedergekehrt wäre. Selbst in dem

Dunkel, durch das Ulrich von der Endstelle der Straßenbahn dem Haus seiner Freunde [Walter und Clarisse] zuschritt, war jetzt kein Platz für solchen Spuk; eine Leere, worin er vorgekommen, hatte sich geschlossen, Ulrich nahm es mit Befriedigung zur Kenntnis und mit jener leisen Ungewissheit über sich selbst, die eine Folge von Veränderungen ist, deren Größe deutlicher ist als ihre Ursachen.«

Die Leser, die 1932/33 den fragmentarischen zweiten Band mit 38 Kapiteln erwarben, tappten im Dunkeln, wie es mit dem (doch eigentlich unentbehrlichen) Mörder weiterging.

Voigt war nach seiner Abschiebung aus Österreich zunächst für drei Monate im evangelischen Missionshaus Weiher bei Hersbruck untergekommen, dann für zwei Jahre in der Bodelschwinghschen Anstalt in Lobetal bei Berlin. Der dortige Betreuer notierte am 2. Mai 1931: »Großer, teilweise kahlköpfiger Mensch – spricht gebildet, scheint weit herumgekommen zu sein, macht guten Eindruck – öfter mit ihm gesprochen – ist Strafentlassener, sehr lange Strafen – arbeitet sehr langsam.«

Im Mai 1933 bekam Voigt Arbeit als Zimmermann in Nürnberg und fand eine Wohnung in der Mittleren Kanalstraße 33/II. Am 20. März 1934 heiratete er – wie zur Bestätigung seiner Rehabilitation – Marie Smatera aus der Tschechoslowakei. Gegen die endgültige Nachsicht des Strafrestes Ende 1935 wurden keine Bedenken erhoben. Am 18. Mai 1938 starb er, 60 Jahre alt.

Hitler war gerade in Österreich einmarschiert. Musil, dem der weitere Lebenslauf seines genesenen Mörders entgangen sein muss, hinterließ in seinen späten Notizen ein winziges Epitaph: »Moosbrugger und das mörderische Jahrhundert«.

Karl Corino

Robert Musil, geboren 1880 in Klagenfurt, studierte in Berlin Philosophie, Psychologie, Mathematik und Physik und promovierte zum Dr. phil. Auf eine Universitätslaufbahn verzichtete er allerdings, um freier Schriftsteller zu werden. Im Ersten Weltkrieg war Musil Landsturmhauptmann, Herausgeber zweier Soldatenzeitungen und zuletzt im Kriegspressequartier. Nach dem Krieg arbeitete er kurz in verschiedenen Stellungen im öffentlichen Dienst in Wien, danach als freier Schriftsteller, Theaterkritiker und Essayist. Nach der Besetzung Österreichs durch die Nationalsozialisten emigrierte Musil nach Zürich. Als er 1942 im Exil in Genf starb, war er als Autor fast vergessen, und das Buch, dem er sich bald zwanzig Jahre lang bis zu seinem Tod gewidmet hatte, *Der Mann ohne Eigenschaften*, bleib unvollendet. Es erschien 1930ff. und zählt heute zu den bedeutendsten Romanen des 20. Jahrhunderts.

Karl Kraus, (1874 bis 1936), der legendäre Herausgeber der *Fackel*, gilt als einer der bedeutendsten Sprach- und Kulturkritiker des 20. Jahrhunderts.

Karl Corino, geboren 1942 in Ehingen, mit zahlreichen Preisen ausgezeichneter Rundfunkjournalist, Literaturkritiker und Schriftsteller, promovierte über das Frühwerk Robert Musils. Bis 2002 leitete Corino die Literaturabteilung des Hessischen Rundfunks. Er gilt als Experte für Robert Musil und hat 2003 eine vielbeachtete Biografie über den Autor veröffentlicht.

»Der Fall Moosbrugger« stammt aus Robert Musils unabge-
schlossenem Roman *Der Mann ohne Eigenschaften*. Der Roman
wurde 1930 und 1933 in Teilbänden bei Rowohlt in Berlin pu-
bliziert, ein dritter Band aus dem Nachlass, herausgegeben
von Martha Musil, erschien als Privatedition bei der *Imprimerie
Centrale* in Lausanne 1943. Seit 2016 wird die Gesamtausgabe der
Werke von Robert Musil in 12 Bänden von Walter Fanta beim
Verlag Jung und Jung in Salzburg und Wien herausgegeben.

((● Steidl Nocturnes

Erste Auflage 2020

© 2020 für das Nachwort: Karl Corino
© 2020 für diese Ausgabe: Steidl Verlag, Göttingen

Umschlaggestaltung: Rahel Bünter unter Verwendung einer
Illustration von Paloma Tarrío Alves / Steidl Design
Buchgestaltung: Rahel Bünter / Steidl Design
Gesamtherstellung und Druck: Steidl, Göttingen

Steidl
Düstere Str. 4 / 37073 Göttingen
Tel. +49 551 49 60 60 / Fax +49 551 49 60 649
mail@steidl.de
steidl.de

ISBN 978-3-95829-780-7
Printed in Germany by Steidl

((● Steidl Nocturnes

Herausgegeben von Andreas Nohl

Robert Musil
Der Fall Moosbrugger
Aus: Der Mann ohne Eigenschaften
128 Seiten

Prosper Mérimée
Tamango
Novellen
192 Seiten

Richard Middleton
Das Geisterschiff
Erzählungen
112 Seiten